Bijan Nowrousian ● Denn was nicht ewig ist

AF211045

„Denn was nicht ewig ist, das ist auch nicht wirklich"

Miguel de Unamuno

BIJAN NOWROUSIAN

DENN WAS NICHT EWIG IST

EIN OPERNKRIMI

FRIELING

Bibliografische Information der Deutschen Nationalbibliothek
Die Deutsche Nationalbibliothek verzeichnet diese Publikation
in der Deutschen Nationalbibliografic; detaillierte bibliografische Daten sind im Internet über http://dnb.d-nb.de abrufbar.

© Frieling-Verlag Berlin • Eine Marke der Frieling & Huff-
mann GmbH & Co. KG
Rheinstraße 46, 12161 Berlin
Telefon: 0 30 / 76 69 99-0
www.frieling.de
ISBN (Print): 978-3-8280-3684-0
Auch als E-Book erhältlich!
ISBN (E-Book): 978-3-8280-3685-7
1. Auflage 2022
Bildquelle: pixabay
Sämtliche Rechte vorbehalten
Printed in Germany

Für Gigi

Vielleicht ist es Ihnen, liebe Leserinnen und Leser, noch gar nicht aufgefallen. Aber unsere Städte und Dörfer werden in Wahrheit nicht von Menschen bewohnt, sondern von Tieren. Diese gehen zwar auf zwei Beinen wie ein Mensch, haben den gleichen Körperbau wie ein Mensch, sind bekleidet wie ein Mensch – und sind auch sonst ganz selbstverständliche Bewohner des 21. Jahrhunderts. Aber sie haben eben die Köpfe von Hunden, Katzen und Kakadus – oder auch Hähnen, Nilpferden und Schildkröten. Die Köpfe, und wohl auch ein bisschen das Wesen. Und was sie erleben, das ist gewiss manchmal tierisch. Meistens aber ist es menschlich, ja geradezu allzu menschlich …

***

Es regnete so stark, dass das Teatro Colón nur wie ein Schatten zu sehen war, wie die Erinnerung an eine längst vergangene Zeit. Manfredo und Claudia hatten für die eigentümliche Schönheit dieses Bildes freilich keinen Blick. Mit dem Jackett und dem Blazer über dem Kopf versuchten sie nur, so schnell wie möglich das Theater und damit trockenen Boden zu erreichen.

„Uff, uff!", keuchte Manfredo, als sie endlich unter dem rettenden Balkon vor dem Haupteingang standen.

„Du solltest ein bisschen Sport treiben!", lästerte Claudia und stach dabei Manfredo, einem selbst für die Verhältnisse dieser Spezies durchaus korpulenten Nilpferd, leicht in den fülligen Bauch.

„Oder einfach immer einen Regenschirm mitnehmen", hechelte dieser zurück.

Als die beiden sodann die schweren Türen geöffnet und das Foyer betreten hatten, waren sie mit einem Mal in einer anderen Welt:

Verschwunden war nicht nur der heftige Regen. Verschwunden war auch das tags wie nachts anhaltende Chaos der immer arbeitenden Maschine Buenos Aires, ihre archaisch-proletarische Lebendigkeit. Es waren zuerst die Ohren, die dies erkannten, lange bevor der Verstand diesen plötzlichen Wechsel nachvollzog: diese ganz anderen Klänge als die der Stadt, die leichten Gespräche vor der Vorführung, die Begrüßungen, die ersten anstoßenden Gläser – dieser Auftakt eines großen Festes; aber gedämpft durch Etikette und Anstand, durch Säulen und dunkle, tiefe Stoffe. Als Nächstes vergaßen die Augen, dass es da draußen eine Welt gab, grau und hässlich: Eine Symphonie aus Weiß, Gelb und Orange umfing sie, aus Zartheit, Anmut und Freude, geschenkt wie die Unbeschwertheit eines Frühlingstages. Und schließlich spürte die Nase, auf einmal umweht zu sein von Blütennoten, gefolgt vom Aroma würzig-frischen Holzes – artifiziell und doch so natürlich wie Sommerwiesen und herbstliche Wälder.

Manfredo, ein Student Anfang zwanzig, füllig, kurzsichtig, mit kleinen Augen hinter dicken Brillengläsern, und Claudia, seine für eine Nilpferddame schlanke und etwa einen Kopf kleinere Kommilitonin, verschnauften ein paar Minuten. Abgetropft und mit ruhigem Atem fügten sie sich sodann ein in die Reihe der anderen Tiere, die sich so langsam Richtung Theatersaal bewegten – und den Straßenstaub dabei endgültig hinter sich zurückließen. Ein bisschen Zeit blieb aber noch, bis die Vorführung begann. Und so begaben sich die beiden zunächst nur die Freitreppe hoch, im ockergelb-sommerwarmen Foyer, hoch in den ersten Stock. Dort schritten sie zu den großen Türen des Balkons, der sich vor dem Eingang zur Oper befand und ihnen noch vor wenigen Minuten den ersten rettenden Unterschlupf gewährt hatte. Es war der Ort, an dem die Opernstars nach der Vorstellung den Journalisten Rede und Antwort standen. Und es wird hier gewesen sein, dass Luciano Pavarotti sagte, das Teatro Colón sei großartig, habe aber ein entscheidendes Manko: So unglaublich sei die Akustik, dass man noch an den entlegensten Stellen des Saales jeden Fehler klar und grausam hören könne.

Claudia entschuldigte sich kurz und ließ Manfredo für einen kleinen Moment zurück, vergnügt und heiter – um ihn wiederzufinden, nur drei Minuten später: wiederzufinden, stocksteif, blass, mit weit geöffneten Augen …

Sein Opernglas hatte Manfredo herausgeholt, nachdem die Konversation unterbrochen war. Bloß zum Zeitvertreib, spielerisch, interessenlos. Auf die Fassaden gegenüber hatte er es gerichtet, auf der anderen Seite der verregneten Plaza Lavalle, vielleicht hundert Meter weg. Die Fensterreihen war er hochgegangen, von unten nach oben –

„Ein Ristorante Opera im Erdgeschoss. Aha. Kenne ich gar nicht. Sieht nett aus … Erster Stock dunkel. O. k. … Zweiter auch. Langweilig …" –, als beim dritten Stock sein Blick plötzlich angesaugt wurde:

angesaugt von Licht – und von zwei Schatten. Von zwei Schatten, die sich gegenüberstanden – und von denen der eine mit dem rechten Arm auf den anderen wies … durchgestreckt … wies … oder …

… zielte?!?

Manfredos Augen waren mit einem Mal an die Szene gekettet. Seine Gedanken, eben noch dahinwandelnd zwischen allem und nichts wirklich, waren gezwungen, nichts anderes mehr zu denken als: Was ist das? Was? Was? Was?

Und so war er in höchster Konzentration, den Blick und die Gedanken fixiert, als er es sah: wie der eine Schatten auf einmal stürzte – und der andere sodann den Arm senkte …

Manfredos Mund öffnete sich. Seine Augen kannten nichts mehr außer diesem Fenster. Seine Ohren zitterten und vibrierten, als schlügen sie Alarm. Sein Atem und sein Puls schnellten hoch, bereit für jeden Auftrag. Doch seine Gedanken verwandelten sich in Chaos: Was, was um Himmels willen war das?!? Was hatte er da beobachtet? War es … ja, war es … wirklich … ein …??!

Und so stand er da, äußerlich eingefroren und innerlich in Aufruhr, als nur Sekunden später in dem Fenster das Licht ausging. Und so stand er da, die Dunkelheit fixierend. Und so stand er auch noch da, als Claudia wiederkam, bereits nach dem dritten Gong.

Es wird ihre Eile gewesen sein, denn sie wollte diese Oper unbedingt sehen, aber auch sein eigener Unglaube, sein gestammeltes „Es schien so" sowie schließlich ihr Misstrauen gegenüber seinen Augen, diesen kleinen Nilpferdaugen, die überhaupt nur hinter dicken Gläsern zu irgendetwas taugten, was sie dazu brachte, seine Geschichte ins Reich des Irrtums zu verbannen. Energisch zog sie ihn daher in Richtung des Saales. Nach höchster Anspannung jetzt völlig verunsichert, ließ Manfredo dabei zu, dass sie ihn hinter sich herzog wie einen nassen Sack. Gerade als die Bediensteten schon dabei waren, die Türen zum Saal zu schließen, kamen die beiden dort an, wurden eben so noch reingelassen und begaben sich, sehr zum Missfallen einer bereits sitzenden halben Reihe, zu ihren Plätzen. Es umfing sie dabei die ganze majestätische Pracht des Opernsaales sowie die Stimmung hundertfacher Vorfreude. Doch Manfredo war woanders. Ohne wahrzunehmen, was um ihn herum geschah, sah er vor seinem geistigen Auge diese Sequenz: den gehobenen Arm und den fallenden Schatten – und kam nicht davon los. Was hatte er da gesehen?!? Ja, hatte er überhaupt irgendetwas gesehen??

**

„Ich weiß, dass ich es gesehen habe!!"

Sich selbst rief Manfredo dies zu. Er rief es, um endlich den Mut zu fassen, der ihm seit einer halben Stunde fehlte.

Diese halbe Stunde stand er nun schon vor dem Gebäude der Kriminalpolizei, einem seelenlosen Zweckbau aus den Siebzigern, der nie gute Zeiten gesehen und seine besten schon lange hinter sich hatte. Manfredo war zur Hälfte fest entschlossen, seine

Beobachtung – oder nein: die Tat! – dort anzuzeigen. Zur Hälfte war er aber auch dagegen – entschieden dagegen, furios dagegen, da ihm die Blamage unausweichlich schien. Es war dieser energische Zuruf, der die Mehrheitsverhältnisse in seinem Gehirn zumindest für ein paar entscheidende Sekunden leicht hin zu 51 zu 49 verschob – und damit erreichte, dass sich Manfredos gewichtiger Leib, jetzt gekleidet in eine blaue Jeans und ein sommergelbes, offenes Hemd, in Richtung Polizeipräsidium zu bewegen begann.

„Du wirst dich lächerlich machen! Garantiert!“, maulten die unterlegenen neunundvierzig Prozent in seinem Kopf. Aber Manfredos Körper konnten sie damit nicht mehr stoppen.

Fünf Minuten später saß er dann einem Kriminalkommissar gegenüber, einem übellaunig schauenden Gnu Anfang fünfzig mit vom Rauchen vergilbten Zähnen und giftig gelb angelaufenen Augen, gekleidet in ein buntes Karohemd – und Manfredo wusste, dass er verloren hatte. Schon bevor es nach seinem Bericht den Mund aufmachte, sagte das Gnu mit seiner gesamten Mimik, angefangen von den nach unten hängenden Mundwinkeln über die leicht nach oben gerollten Augen bis zu den hochgezogenen Augenbrauen, dass es soeben beschlossen hatte, die letzten fünf Minuten für die totale Zeitverschwendung zu halten.

Aber Manfredo ließ nicht locker: Er beharrte auf der Gewissheit seines Erlebens und der Eindeutigkeit der Szene. Und er trieb vor allem mit Letzterem das mürrische Gnu in die Enge. Zu seiner großen Überraschung erreichte er damit sogar etwas: Das Gnu beschloss einen Ortstermin!

Für einen kurzen Moment war Manfredo enthusiastisch: In seiner kindlichen Unschuld glaubte er, dieser Ortstermin habe den Zweck, nach Beweisen für seine Geschichte zu suchen. Manfredo hatte wenig Behördenerfahrung. Erst bei der Durchführung wurde ihm der eigentliche Sinn der Veranstaltung klar: mit gutem Gewissen und nicht nur aus schlechter Laune heraus seine Geschichte als totalen Blödsinn abtun zu können.

So bestand der Ortstermin denn auch nur daraus, dass der Kommissar die Mitarbeiter des Restaurants ein bisschen befragte. Diese waren ein älterer Hahn um die sechzig, dessen Sohn und Tochter, ein Hahn und eine Henne um die vierzig sowie der etwa zwanzigjährige Sohn der Letzteren. Manfredo erfuhr immerhin, dass diese vier zugleich die Bewohner der darüberliegenden Wohnungen waren. Der achselzuckende Hinweis des allein redenden Hahnes um die vierzig, nichts Besonderes bemerkt zu haben, reichte dem Gnu in der Sache als Antwort freilich aus. Gleichwohl gestatteten die vier sogar noch, den Ort des Geschehens anzusehen – oder besser: irgendeinen größeren Raum im dritten Stock, von dem der Hahn ungeprüft behauptete, Manfredos Tatort könne wegen der Größe nur dieser sein –, und an dem selbstverständlich nichts zu sehen war außer einem altmodisch eingerichteten Wohnzimmer. Manfredos Hinweis, es müsse sich der Fensterfolge nach eigentlich um einen der nachfolgenden Räume handeln, blieb ungehört. Das Ganze endete sodann damit, dass zehn Augen ein

Nilpferd anschauten: acht die Unschuld selbst. Und zwei mit dem Liebreiz einer mittelgroßen Distel – und der klaren und definitiven Botschaft: Das war's. Geschlagen trottete Manfredo von dannen.

Aber vielleicht hatten Claudia und das Gnu auch einfach recht: Regen, Kurzsichtigkeit, nur ein Opernglas, nur der Bruchteil einer Sekunde. Würde er sich diese Geschichte glauben? Zumal die Erinnerung an dieses Bild immer klarer wurde, immer präziser, immer schärfer, je öfter er es hervorholte. Und das konnte doch eigentlich erst recht nicht sein ... oder?

***

„Ein Mord ohne Leiche also? Warum auch nicht?" Professor Unamuno verfiel ins Dozieren. „Ein Mord ohne Leiche. Das erinnert mich an den berühmten Fall Cardozo. Der Arme soll ja von seinem Schwippschwager gemeuchelt und dann in Salzsäure aufgelöst worden sein."

Der Professor zog die Augenbrauen hoch und machte eine kleine Kunstpause.

„Geholfen hat es allerdings nicht. Der Schwippschwager wurde trotzdem verurteilt. Freilich ...", und hier hielt er wieder kurz inne, fixierte Manfredo für einen Moment und hob dann den Zeigefinger der linken Hand, „... Vorsicht ist geboten! Sonst geht es so wie in dem tragischen Fall Benavidez, in welchem der Ermordete ein Jahr nach dem Urteil wieder auftauchte. Leider nachdem man seine Frau schon wegen Mordes verurteilt und sie sich aus Gram darüber im Gefängnis erhängt hatte ..."

14

„Tomás", sagte Amparo Unamuno in sanftem Ton und legte ihm dabei ganz leicht die Hand auf den rechten Unterarm. „Äh … ja …"

Professor Unamuno musste sich kurz besinnen. „Ja … äh … natürlich …" Er schloss noch einmal für eine Sekunde die Augen. Und war dann angekommen im Wohnzimmer und im Gespräch mit Manfredo. Und in dessen Fall, dem plötzlich seine ganze hoch konzentrierte Aufmerksamkeit galt: „Und Sie sind sich ganz sicher? Ich meine, Sie waren ja doch ein wenig … sagen wir … sichtbehindert … offenbar …"

„Ja, ja, ich weiß, ich weiß. Aber ich bin mir ganz sicher …", seufzte Manfredo. „Und ich hatte gehofft, dass wenigstens Sie mir glauben und sich der Sache annehmen … Ich meine, als Strafrechtler … als großer Verfechter einer harten Linie …"

Manfredo sprach am Ende nur noch zu sich selbst. Es hatte ihn diesmal drei Tage gekostet, zu jener 51-Prozent-Mehrheit zu gelangen, die erforderlich war, um zu klingeln. Um zu klingeln an der schweren Doppeltür des herrschaftlichen Stadthauses aus der letzten Jahrhundertwende. Und auch nachdem er diese Mehrheit zusammenhatte, war der Weg dorthin keineswegs leicht gewesen. Manfredo war mit der Metro so nah an Professor Unamunos Adresse herangefahren wie möglich. Aber da das Metronetz noch recht weitmaschig war, war er beim Aussteigen noch ein gutes Stück entfernt gewesen. Und dieses war er gelaufen, anstatt etwa den Bus zu nehmen, weil der Widerstand in ihm Zeit für ein weiteres Durchdenken verlangte. So war er durch Recoleta gegangen, das Nobelviertel nördlich der Innenstadt, mit seiner Mi-

schung aus gepflegten Neubauten, kleineren Stadt-
hochhäusern und den hier besonders vielen Fassaden
der Zeit um 1900 – der großen Zeit der Stadt, als Paris der Maßstab war und man so reich war, ihm tatsächlich nacheifern zu können, diesem Traum von
der anderen Seite der Welt. Und so passierte er erha-
bene, streng gegliederte Sandsteinfassaden mit
Bauschmuck und Balkonen und mit schmiedeeisernen Geländern vor Sprossenfenstern, und zwar ge-
sichtslose, aber frisch gestrichene und gut bewachte
Hochhäuser mit Blumen an allen Balkonen. Schließlich war er vor einer der Fassaden aus Sandstein mit
bodentiefen Fenstern und barock anmutenden Balkonen stehen geblieben – einem Altbau, natürlich. Denn
Schildkröten können nicht in Neubauten leben, da für
sie überhaupt nur wahr ist, was auch Geschichte hat.
Noch einmal hatte er nachgedacht, gezweifelt, debat-
tiert, den großen Kopf hin und her gewiegt – und
dann als letzte Hoffnung geklingelt …

… und nun das … Sein Blick war nach innen gekehrt. Sein großer grauer Kopf versackte in seinem
massigen Körper. Traurigkeit zog alles an ihm in sich
zusammen. Er hatte es befürchtet: Niemand würde
ihm glauben, niemand … auch nicht Professor Unamuno, sein Strafrechtslehrer von der Universität …

Professor Tomás Unamuno war eine kleine, schlanke, ja fast ein bisschen zierliche dunkelgrüne Schildkröte um die sechzig. Er war gekleidet in eine dun-
kelblaue Stoffhose, weinroten V–Ausschnitt-Pull-
over, weißes Hemd und blaue Krawatte. Seine Stimme war leise und weich. Seine Augen, die hinter einer
goldenen Brille hervorschauten und den tiefsten

16

Farbton der leicht fleckigen Varianten von Dunkelgrün seiner haarlosen Kopfhaut aufnahmen, waren
lieb, freundlich, aber auch ein bisschen schelmisch.

Väterlich legte er Manfredo die Hand auf die
Schulter. „Schon gut, schon gut", sagte er wie zu einem traurigen Kind, „ich glaube Ihnen ja!"

Manfredo war mit einem Mal wie verwandelt:
Zwar noch mit dem Kopf im Hals versunken, schaute
er Professor Unamuno nun von schräg unten direkt
an. In seinem Gesicht waren Erleichterung, Dankbarkeit und Erlösung. Endlich! Endlich! Endlich! Er hatte
jemanden gefunden, der ihm glaubte!

Erstmals hatte Manfredo nun auch einen Blick dafür, wo er eigentlich gerade war:

Sein Kopf, der langsam aus der grauen Masse seines Körpers aufstieg, drehte sich leicht hin und her.
Seine kleinen Nilpferdaugen, denen niemand irgendetwas zugetraut hatte, wanderten für eine Sekunde
durch den Raum: Er saß auf einem altmodischen
warmgrünen Plüschsessel mit Rüschen zum Boden
hin, zu dem noch ein ebensolches Sofa gehörte.

Davor stand ein Couchtisch – ein nicht minder alt-
modischer dunkelbrauner Holztisch mit drei barock
anmutenden Beinen, die mit kleinen Kapitellen oben,
einer rundlichen Verdickung jeweils in der Mitte und
einer Art Schaft an den unteren Enden genauso aussahen wie Geländer in einem Schlossgarten. Vom
Sofa aus links waren zwei bodentiefe, mit kleinen
Balkonen versehene Fenster zur Straße. Sie gaben
dem Raum großbürgerliches Flair. Zu Letzterem trug
ferner die beachtliche Raumhöhe bei. An der Wand
rechts vom Sofa sowie der Wand diesem gegenüber

waren schwere Bücherregale, die fast bis zur Decke reichten und Rücken an Rücken bestückt waren. Für ihre Benutzung gab es eine kleine Trittleiter. Professor Unamuno saß selbst nicht, sondern stand zwischen Manfredos Sessel und der Bücherwand, so wie er auch seine Vorlesungen grundsätzlich im Stehen hielt. In einem Rollstuhl, eine Decke über den Knien, saß Professor Unamunos Frau Amparo. Der Rollstuhl stand an dem kleinen Couchtisch, Manfredos Sessel gegenüber. Amparo Unamuno, ebenfalls eine dunkelgrüne Schildkröte, war eine zierliche und trotz ihres Alters von etwa fünfzig Jahren mädchenhaft wirkende Frau, die den Ausführungen ihres Mannes mit warmem Blick folgte.

Was den Raum aber noch mehr prägte als die hohe Decke, die Fensterbalkone, das altmodische Mobiliar und die vielen Bücher, waren die Blumen. Blumen fanden sich an jedem möglichen Ort: Links, rechts, zwischen und auf den Fensterbalkonen standen blühende Blumen in hohen, chinesisch anmutenden Vasen. Ebensolche Vasen mit blühenden Blumen fanden sich auf beiden Seiten des Sofas sowie in der Ecke, welche die Regale an den zwei Wänden bildeten. Eine Vase mit Blumen fand sich natürlich auch auf dem Couchtisch. Blumen fanden sich ebenso als Motiv auf dem Teegeschirr, mit dem man Manfredo bewirtete, auf den Servietten, auf der Decke, welche Amparo Unamuno über ihren Knien hatte, sowie auf ihrer Bluse. Dabei hatte Manfredo den Eindruck, als seien die Blumen farblich genau aufeinander abgestimmt: Wo der Raum Licht hatte, waren sie in dunklen Tönen, von Tiefblau über Dunkelrot zu Violett.

18

Ins Zimmer hinein wurden sie zu einem leichten Blau, einem leuchtenden Rot und einem stechenden Violett. In der Raumtiefe schließlich glühten sie in wärmendem Orange und strahlendem Gelb.

Fein abgestimmt erschienen Manfredo freilich nicht nur die Farben. Fein abgestimmt war auch der Duft. Hätte er einen ganzen Raum mit Blüten bestückt – es hätte ein wildes Durcheinander kämpfender Gerüche gegeben, das am Ende nur Kopfschmerzen verursachte. Hier aber lag ein leichtes Sommerparfüm in der Luft, belebend wie der Duft einer Blütenwiese nach einem kurzen, erfrischenden Schauer.

„Wir brauchen zuallererst Motiv und Opfer!" Professor Unamuno hatte mit einem Schlag den Ton gewechselt. Er sprach nun wie jemand, der einen Ausflug machen wollte und die Zeit gekommen sah, mit der Detailplanung zu beginnen. Sein Blick war dabei zugleich entschlossen und suchend, wobei das Suchende zielgerichtet der Planerfüllung diente. Manfredo war begeistert. Er war mittlerweile einen halben Kopf größer, da er seinen Körper aufgerichtet und das schwere Nilpferdhaupt so weit wie möglich nach oben geschoben hatte.

„Endlich!", jubelte er innerlich. „Die Ermittlungen haben begonnen!"

„Was wurde gestern eigentlich gegeben?"

„Öh ..." Manfredo zuckte kurz verwirrt mit dem Kopf.

„‚Die tote Stadt' von Korngold", hörte er sich dann sagen, während er eigentlich damit befasst war zu ergründen, wofür das jetzt wichtig sein könnte. Allerdings: Als Hörer von Professor Unamunos Vorlesungen war er durchaus gewohnt, dass es manchmal Sprünge gab, die sich später nur als scheinbarer Sprung entpuppten. Es bestand also noch kein Grund, sich um das zarte Pflänzchen „Ermittlungen" Sorge zu machen!

„Oh, schau an – das ‚Tote Brügge' von Rodenbach als Oper." Der Professor war wieder im Hörsaal.

„Das Brügge des 19. Jahrhunderts, ruhmreich und vergessen, schön und tot … Es hat ja alle Künste angeregt: Rodenbachs gleichnamige Novelle, auf der die Oper basiert. Khnopffs verrätselt-symbolistische Bilder. Und schließlich eben Korngolds Oper."

Pause.

„Sie wissen nicht zufällig, was morgen gegeben wird?"

„Noch einmal Korngolds ‚Tote Stadt' – es ist ein Gastspiel", antwortete der Gefragte pflichtschuldig.

„Sehr schön!", rief Professor Unamuno mit ausholender Geste des linken Zeigefingers und enthusiastischem Blick, als habe Manfredo gerade eine schwierige Fachfrage richtig beantwortet. „Gibt es irgendetwas, was Sie nicht essen?"

„Äh …??"

Manfredo stieg aus: Was hatte diese Frage jetzt für einen Sinn?!? Sein Blick, sein Mund, seine Stirn: Er war die Ratlosigkeit selbst. Der Professor hielt mitten in der Bewegung inne und schaute seinen Studenten halb fragend, halb verstehend eine kurze Zeit wortlos an. Dieser wusste nicht recht, was er jetzt tun sollte. Er wartete zunächst ebenso einen Moment. Als aber nichts passierte, stotterte er: „Was genau …?"

Sein Lehrer kam ihm exakt in diesem Moment zuvor: „Sie kennen das Ristorante Opera gar nicht, nicht wahr?" In seinem Blick war zugleich Verstehen, Tadel und Verzeihung. Manfredo gestand durch Nicken. Sofort wandelte sich Professor Unamuno erneut, aber diesmal nicht zum Hochschullehrer, sondern zum Fremdenführer: „Das Ristorante Opera! Es ist eine kleine Institution: einen Tag vorher bestellen, Aperitif vor der Vorstellung, die Vorspeise in der Pause, Hauptgang, Dessert und Kaffee nach dem Vorhang! Perfekt abgestimmt auf die jeweiligen Zeiten – und zum Festpreis!!" Manfredo war zurück und parierte wie der erst skeptische, nun aber überzeugte Kunde.

„Lustig! Ich esse alles!", rief er. „Sehr gut! Ich war seit Ewigkeiten nicht mehr dort. Dann also morgen Abend eine Stunde vor der Vorstellung vor dem Ristorante Opera! Ich werde reservieren: Essen und natürlich Opernkarten! Sie sind eingeladen!"

„Denn wenn es Ihren Mord tatsächlich gab", und jetzt war Tomás Unamuno wieder ganz beim Thema, konzentriert, planvoll, energiegeladen, dabei Manfredo mit Blick und Zeigefinger fixierend, „dann müssen wir dort anfangen!"

***

Das Teatro Colón lag in warmer Abendsonne.

„Kaum vorstellbar", dachte Manfredo, „dass man hier gestern fast ertrunken wäre." Er war schon eine Viertelstunde vor der verabredeten Zeit auf der Plaza Lavalle gewesen, aber etwas entfernt vom Ristorante Opera. Er wollte schließlich keine Ermittlungsstrategien torpedieren! Vor allem nicht die, die er als solche noch gar nicht erkannt hatte … Professor Unamuno erschien auf die Minute pünktlich. Während Manfredo wieder seinen Anzug anhatte, trug der Professor auch hier einen leichten Pullover mit V−Ausschnitt und Krawatte, gerade richtig für den beginnenden Herbst. Er entsprach damit dem Gewitzel unter den Studenten: dass er in jeder Lebenslage das Gleiche anhatte, außer wenn die Sommerhitze ihn tagsüber zwang, den Pullover auszuziehen, den obersten Hemdknopf zu öffnen und die Krawatte zu lockern – was dann auch die einzige jemals gesichtete Abweichung war.

„Guten Abend!", grüßte Tomás Unamuno aufgeräumt und wies gleich Richtung Eingang. „Willkommen in Ihrem Fall!"

Die beiden durchschritten die Flügeltür des Hauses, in dem das Ristorante Opera sich befand, und gelangten so zunächst in den breiten, dunklen Hausflur. Alte Kacheln bis Hüfthöhe, darüber blätternde Farbe. Noch waren sie nicht im Restaurant. Und noch weit weg war hier die Welt der großen Bühne und der Sänger und der Diven. Links befand sich eine schmalere Doppeltür mit zwei Dritteln Glas und ein bisschen Jugendstil, hinter der noch einmal ein dunkelroter Vorhang hing. Und erst hinter diesem war das Restaurant! Die beiden gingen hindurch – und waren im Gastraum: Sechs mal vier Meter maß dieser nur in etwa. Links vom Eingang, zur Plaza Lavalle hin, hatte er schmale, hohe Fenster, oben jeweils halbrund mit floralen Motiven, getrennt nur durch schlanke Säulchen. An der Wand, dem Eingang gegenüber, war ein Tresen aus schwerem, verlebtem Holz. Dahinter hingen gerahmte Bilder von Sängern und Dirigenten, alle signiert, alle schon längst vergilbt. Die Wand rechts vom Eingang, den Fenstern gegenüber, zierte eine große Bildtapete: der Opernsaal des Teatro Colón, fotografiert mit gesenktem rotem Vorhang, vom ersten Rang aus. Die Tische, die den Gastraum füllten, eng gestellt, standen auf tiefrotem Teppich – dem Rot des gesenkten Vorhangs!

Dunkelbraun waren sie, eckig, mit Schmuckleisten in Gold. Und so waren auch die Stühle: tiefbraun, mit weinrotem Samt bezogen – abgegriffene Erinnerungen an die Logen eines ersten Ranges. Dazu ertönte gedämpft und metallen der Klang berühmter Arien, selbst aus alten Boxen noch strahlend. Und über allem lag der Wohlgeruch von ofenbrauner Pizza, von frischen Kräutern, von warmem Brot und von vollem, fruchtigem, schmeichelndem Rotwein. Und noch immer ein wenig der Geruch des nun verbotenen Tabaks – jenes falschesten und doch so tröstenden Freundes, der warm und frisch zugleich Freiheit und Geborgenheit, Anregung und Ruhe, kalt und vergangen aber nichts erschafft als Widerwillen und Krankheit und Verfall.

Professor Unamuno und Manfredo waren, nachdem sie ein paar Schritte in den Gastraum hinein gemacht hatten, stehen geblieben. An einem kleinen Stehpult neben dem Eingang stand der ältere Hahn um die sechzig. Er war eine zugleich erstaunliche und Furcht einflößende Erscheinung: klein, füllig, zusammengesunken, den Hahnenkamm schlaff zur Seite, die Augen müde und herrisch, Gesicht und Hände verlebt, in einer altmodischen Kellneruniform mit weißem Hemd, schwarzem Frack und schwarzer Fliege. Er wirkte wie eine Karikatur. Aber er füllte den Raum! Er füllte ihn mit einer Präsenz, die nicht erklärbar war – und der man sich doch nicht entziehen konnte.

Was war es, was diese Präsenz ausmachte? Vielleicht das Altmodische? Vielleicht diese Augen? Diese Augen, die alles bereits gesehen hatten? Diese Augen, die müde waren und alt und doch das Gegenüber sogleich erobernd fixierten? Vielleicht die Mimik und Gestik, sparsam, stark und selbstbeherrscht? Vielleicht alles zusammen? Oder vielleicht doch etwas ganz anderes – etwas, was sich jedem Begriff verweigerte? Gleichviel: Man musste ihn ansehen. Man musste ihn bitten. Man musste ihm gehorchen. Man musste es, noch ehe er ein Wort gesprochen hatte.

Umso größer war das Erstaunen, als er Professor Unamuno und Manfredo ohne jede Regung fragte: „Ihr Name?" Nicht die Frage war es dabei, die verblüffte. Es war die Stimme – oder besser: das Krächzen. Die Stimme dieses Herrschers war die eines schwer erkälteten alten Mannes, eines schwer erkrankten alten Mannes, Metall, Reibeisen, Schmirgelpapier, dazu leise, zu leise, erzwungen leise. Diese Stimme: ein Fremder in der so sorgsam inszenierten Kulisse des Ristorante; eine Stimme, klein, verletzt, gefährdet; eine Stimme, nirgendwo so verloren wie in der voll tönenden Welt der Oper. Professor Unamuno nannte seinen Namen – woraufhin der Hahn mit der Geste des Königs und der Stimme des Kranken auf einen kleinen Tisch am Fenster wies, an dem die beiden Besucher sodann Platz nahmen.

24

„Wie hat der denn gesprochen?!", flüsterte Manfredo. „Der war ja kaum zu verstehen!"

„Schwer zu sagen", erwiderte Professor Unamuno, wobei er den Kopf wiegte. „Vielleicht eine Erkältung … aber irgendwie klang es anders … dauerhafter …"

„Oh!", entfuhr es dem jungen Hahn.

Wie angewurzelt stand er da, als er die beiden neuen Gäste sah. Angewurzelt und zitternd. Das Tablett entglitt ihm um Haaresbreite. Gläser und Flaschen kippten bedenklich nach vorn. Und nur in letzter Sekunde gelang es ihm, das Gleichgewicht des Wassers und des Weins zu bewahren. Das tiefe Erschrecken in seinem Gesicht aber blieb. Seine flackernden Augen schnellten dabei zwischen dem Nilpferd und der Schildkröte hin und her: dem Nilpferd, das er schon mal gesehen hatte, gesehen mit einer Mission, und dieser freundlich schauenden Schildkröte, die aussah wie die Unschuld selbst – doch von der er nicht wusste, wer sie war und was zum Henker sie hier wollte. Und so hielt er sein Gesicht auf diese beiden gerichtet und der Wein in den Gläsern bebte.

Professor Unamuno ließ die Situation einige Sekunden stehen. Als habe er nun genug gesehen, griff er dann galant zu den vibrierenden Gläsern und stellte sie sich und Manfredo hin. Dann lächelte er aufmunternd in Richtung des jungen Hahns, als mache er einem Studenten Mut, der die richtige Antwort nicht gefunden hatte, und sagte väterlich: „Kein Problem, nichts passiert!" Das jungenhafte Gesicht des Kellners mit strahlend weißen Federn und einem etwas zu großen, immer geöffneten Schnabel schaute ihn noch einige Sekunden an. Dann errang der junge

Hahn die Kontrolle über Denken und Körper zurück. Zwar gelang es ihm nicht, etwas zu sagen, aber es reichte, um sich mit ausladenden Bewegungen und unsicherem Gang zu entfernen.

Aus dem Augenwinkel ruhte dabei ein kalter Blick auf der Szene: Die Henne um die vierzig stand hinter dem Tresen, groß, stolz, mit glänzenden Federn, gewandet mit strahlend weißer Bluse, und schaute herüber – fast so beherrscht wie der Hahn an der Tür und fast genauso eisig. Und immer wenn der Vierte im Bunde, der Hahn um die vierzig, mit fleckiger Schürze Essen herausbrachte, kam zwischen ungepflegten weißgrauen Federn zu dem kalten Blick der Henne noch ein wütender Augenausdruck hinzu.

Professor Unamunos und Manfredos Gläser stießen an mit einem feinen Klang. Im Anschluss betrieb der Professor belanglosen Small Talk über dieses und jenes, gespickt mit der einen oder anderen Anekdote, Letzteres dabei so, wie Manfredo es aus seinen Vorlesungen kannte. Der Student beteiligte sich brav. Innerlich jedoch war er ganz und gar angespannt, zugleich wartend, hoffend und fragend – fragend, was dieser Abend wohl ergeben würde zu seinem Fall …

Es gongte.

Der Gong des großen Teatro – vom Band, ja, natürlich vom Band, aber trotzdem: der Gong des großen Teatro!

„So, jetzt haben wir noch zehn Minuten bis zum echten Gong. Hier ist eben alles perfekt geplant!", sagte Professor Unamuno mit einem zugleich anerkennenden und spöttischen Lächeln. „Dann lassen

Sie uns also mal rübergehen. Nicht dass wir noch etwas verpassen!"

***

Die beiden durchquerten den kleinen Park, als der die Plaza Lavalle angelegt war, und liefen zu auf die mächtige Fassade des Teatro.

Das Teatro Colón: ein gewaltiger Baukörper zwischen der Avenida 9 de Julio, der breitesten Straße der Welt, und der Plaza Lavalle, dem Park und zugleich der Seite des Haupteingangs. Die Fassade: die Außenwand des großen Foyers, aus hellgrauem Stein, mit zwei hohen Stockwerken und darüber einem Aufsatz. Im Erdgeschoss gab es sieben Türen, von denen aber nur die drei in der Mitte geöffnet wurden – diejenigen, die sich hinter einer überdachten Auffahrt befanden, einem steinernen Vorbau, versehen noch mit einem Vordach aus Glas und filigranem, schwarzem Metall.

Im ersten Stock bot sie sieben halbrunde, hohe Fenster, die beiden äußeren mit stattlichem Balkon, die drei in der Mitte über dem Vorbau mit seinem metallischen Vordach. In der Summe: eine jener großen Opern des bürgerlichen Zeitalters, dieser Selbstinszenierungen einer stolzen Welt, dieser Synthesen aller Künste – der Musik, des Schauspiels, der Architektur und der Malerei –, zusammengeführt in einem Palast – nicht kleiner, nicht schlichter, nicht weniger als wie für Monarchen. Und damit zugleich: die Synthese einer ganzen Epoche, einer ganzen Epoche auf ihrem Zenit – noch vor ihrem plötzlichen Absturz in Selbstzerstörung und Selbsthass …

Für einen kurzen Moment blieb Professor Unamuno stehen und schaute auf das Teatro. Sein Blick war der eines erwachsenen Sohnes auf die geliebten alten Eltern. So stand er da ein paar Sekunden, bevor er sich losriss und zusammen mit Manfredo seinen Weg fortsetzte.

***

Die beiden betraten die Oper. Das Foyer, das sie so als Erstes zu dem Fest empfing, war eine große, hohe Halle, erstreckt über zwei Etagen. Im Erdgeschoss war es mit schlanken, ionische Kapitelle tragenden Säulen zu umlaufenden Gängen hin abgetrennt, orange und dunkelgelb. Der erste Stock, cremefarben, war an zwei Seiten nur mit einem Geländer zum Foyer hin offen. An den anderen zweien aber hatte er Wände mit je drei großen, zur Halle weisenden Fenstern. Bekrönt wurde dieser erste Stock mit Rundbögen, darüber einem antikisierenden Figurenfries und schließlich einer federleichten Glaskuppel mit floralen Motiven, die zu den Sonnenfarben der Säulen und Wände noch frisches Grün, dunkles Violett und sattes Blau hinzuhauchte. Im Zentrum des so gebildeten Raumes war schließlich eine breite, nach oben strebende Freitreppe, in deren Mitte ein dunkelrot leuchtender Teppich lag. Alles war wie in der ruhmvollen Welt von Antike und Renaissance: wohlproportioniert, von ebenso schlichter wie edler Gestalt, mit griechischen Kapitellen und römischen Rundbögen, ganz und gar Mitte und Maß. Die beiden durchschritten die gelbe Wärme und begaben sich die große Freitreppe hoch, die erklimmen musste, wer die besten Plätze haben wollte, die im ersten Rang. Dass man Treppen hinaufmusste, um zum Besten zu gelangen, war dabei kein Zufall. Denn in königlichen Schlössern wie in den Tempeln der Kunst dient das Treppenhaus nicht einfach nur dem Aufstieg nach Metern: Um den Aufstieg zu Höherem geht es, darum, den Unvollkommenen bereit zu machen für das Erlebnis der Vollkommenheit, das ihn erwartet.

Professor Unamuno und Manfredo betraten den Opernsaal – und waren, obschon beide dies schon oft getan hatten, wieder sofort gefangen von dieser steinernen Inszenierung:

Unter einem weiß und hell strahlenden Kronleuchter lag der Saal wie ein großes Hufeisen. Im Parkett war er bestuhlt mit langen Reihen. An den Seiten zogen sich in vier Etagen die Ränge hoch, gekrönt von einem fünften Rang, der leicht zurückgesetzt den Raum zur Decke hin öffnete. Gab dies Größe und Proportion, so waren es die Farben, die Adel gaben und zugleich Wärme und Wohlgefühl: fein aufeinander abgestimmte Töne mit dem hellen Braun der Böden, dem dunklen Rot von Teppichen, Sitzen, Griffleisten und Wandvorhängen und dem tiefen, leuchtenden Gelb der Geländer, der Säulen und der Wände. Erstrahlt wurde diese Farbsymphonie durch das Gold unzähliger Lampen an den Rängen, die aussahen wie kleine Sonnen. Dazu kam auch hier ein großes Deckengemälde mit blau-weißen, wolkigen Themen, sodass allein der Himmel den Saal überdachte.

Doch all diese Pracht war – wie der echte Adel, nämlich der des Geistes – allein eine Dienerin: eine Dienerin des Unsichtbaren, des klaren und reinen
Klangs, noch auf dem entferntesten Platz voller Nuancen und Schattierungen, wohltemperiert und zugleich allumfassend.

Professor Unamuno und Manfredo nahmen ihre
Plätze ein. Ersterer war dabei ganz bei der Sache und
nur in Vorfreude auf den kommenden Kunstgenuss.
Letzterer war zwar konzentrierter als bei seinem vor-
angegangenen Besuch, doch innerlich unruhig und
zugleich unsicher, da er noch nicht recht erkannt hatte, was dieser gemeinsame Opernabend bei seinem
Anliegen helfen könnte. Aber für Fragen blieb keine
Zeit. Und die Selbstverständlichkeit, mit der Professor Unamuno diesen Opernbesuch lebte, hätte Manfredo am Fragen auch gehindert. Noch jedenfalls.

Das Licht im Zuschauerraum ging aus. Und es kam
der Wachwechsel: Zwar war die Bühne noch be-
strahlt, doch beherrscht war sie nun von denen, die
nichts sehen konnten von all der Pracht, oder besser
dem, der nichts sehen konnte: dem Orchester, diesem
vielpersonigen Instrument, dessen Takt, dessen Farben, dessen Stimmungen, dessen jauchzendes Gelb,
klagendes Schwarz und blutend verlangendes Rot
von nun an allein bestimmten, was geschehen würde
da oben in der Welt. Die Oper, diese widersinnigste
aller Kunstformen! Ein Palast, den man abdunkelt,
um etwas zu schauspielern, was nur dazu dient, das
zu begleiten, was weder Auge noch Paläste noch
Schauspieler braucht: die Musik – überwältigend,
breit, mit allem in sich, was das Leben ausmacht;

30

unsichtbar, aber fähig, jede Grenze und jede Schutz-
schicht des Ichs zu überwinden und vorzudringen bis
zu dessen tiefstem Geheimnis.

***

Ein Zimmer erschien, als sich der Vorhang hob, weiß
wie ein Krankenhaus. Ein Krankenhaus den Farben
nach. Doch in Wahrheit ein Totenhaus: alle Möbel
verdeckt durch helle, fahle Laken, nur Schatten vergangenen Lebens. An der Wand ein Bild, dem Auge
ebenso durch ein Tuch verboten. Der Sänger in
schwarzem Anzug betrat die Bühne und dann: Er
hebt das Tuch, fast schreckhaft, fast heimlich, fast
wie ein Sakrileg. Doch auf einmal ist da das Antlitz
einer Frau: eine majestätische Pudeldame, eng ge-
schnürt und hochgeschlossen die Bluse, dazu ein Hut
mit breiter Krempe und Blumen. Aber vor allem mit
Farben: die Bluse in zartem Flieder, der Blumen-
schmuck in kräftigem Rot und über der Brust die Per-
len einer glänzenden Kette.

„Nur deiner harre ich, niemals Verlorene! Wer kann
ihn denn verstehen, unsrer Seelen tief geheimnisvol-
len Bund?" So herzzerreißend und markerschütternd
sang der Tenor diese Worte, diesen Schmerz, den zu
lindern keine Macht der Welt vermag, dass es schien,
als färbe sich der Bühnenraum langsam um – als ver-
schwänden alles Weiß und alle Farben, die hell waren
und licht und laut, hin zu dem nuancenreichen, aber
doch immer stillen und gedeckten Braun des späten
Herbstes ... eines Herbstes, der weiß, dass auf ihn
kein Frühling folgen würde ...

Die stehenden Ovationen, mit denen das Publikum die Gäste aus Belgien gefeiert hatte, waren verklungen. Der Vorhang, der sich wieder und wieder und wieder gehoben hatte, blieb gesenkt. Und das Publikum, noch ganz getragen von dem Erhabenen, strömte aus dem Teatro in das abendliche Leben der Metropole.

„Fünfzehn Minuten Applaus!", grinste Professor Unamuno. „Dafür liebe ich uns Argentinier! Es gibt nur ‚Ja' oder ‚Nein' – aber wenn ‚Ja', dann so stürmisch und so groß und so ganz und gar wie die Antwort auf einen Heiratsantrag!"

Professor Unamuno und Manfredo gingen über die von einer späten Sonne abendlich erwärmte Plaza Lavalle, vorbei an dem vom Sommer braun gewordenen Gras. Das Ristorante Opera lag nun vor ihnen. Es befand sich im Erdgeschoss einer Fassadenfront an der Plaza Lavalle, dem Haupteingang zum Teatro Colón gegenüber. Und es war eine Fassadenfront wie Buenos Aires in der Nussschale: Das Ristorante Opera war Teil eines fünfstöckigen Hauses der vorletzten Jahrhundertwende, des Goldenen Zeitalters von Stadt und Staat. Es war einer jener französischen Bauten mit fünf Fenstern je Stockwerk, jeweils bodentief, jeweils mit kleinen Balkonen und schmiedeeisernen Gittern, dazu Halbsäulen links und rechts und ein Mittelrisalit. Darüber war das Dachgeschoss, ganz wie Haussmanns Paris: mit nur leicht nach hinten gekippten Wänden und schwarzen Schindeln über dem gelblichen Stein der Fassade. Rechts daneben stand ein ähnlicher Bau: gleiche Epoche, gleiche Fenster, gleicher gelber Stein, gleiches schwarzes, nur leicht nach hinten gekipptes Dachgeschoss. Nur mit elf Stockwerken doppelt so hoch – und damit doch unharmonisch neben dem kleineren Nachbarn. Doch den Blick zog eine andere Störung auf sich: das Haus links neben dem Ristorante, ein aus Glas und Beton verbrochenes Scheusal, das zu den Pariser Erinnerungen ungefähr so gut passte wie Cola zu Whiskey.

Das Haus des Ristorante Opera hatte seine breite Eingangstür nicht mittig, sondern ganz rechts, sodass sich im Erdgeschoss links davon das Restaurant befand – mit einer Fassade, in diesem Stock nur bestehend aus den hohen, schmalen Fenstern, hinter denen die Farben und Speisen und Gäste des Opera warm und einladend wirkten.

„Aber nun auf zum Hauptgang!", rief Professor Unamuno, vom bisherigen Verlauf des Abends erfreut. „Jetzt wollen wir mal schauen, was die Küche in unserem Ristorante Opera alles kann!"

***

„Vorzüglich!", lobte der Schildkrötengast, nachdem er den kleinen Löffel in das jetzt leere Glas gestellt hatte.

„Also diese gegrillten Auberginen mit gerösteten Kartoffeln und Paprikasoße waren schon köstlich. Aber dieses Früchtesorbet mit Honig war ein Gedicht! Es war wirklich eine sehr gute Idee, hierhin zu gehen! Das galt übrigens auch für die Oper: Ohne Sie hätte ich mir diese Oper wieder nicht angeschaut …

Obwohl ich sie seit vierzig Jahren sehen will … Seit ich die Novelle gelesen habe …"

Zunächst heiter und belebt schienen bei den letzten Worten Tomás Unamunos Geist und Blick, aber auch seine auf einmal leiser werdende Stimme wegzudriften – weg in die alten Zeiten eines langen Schildkrötenlebens: zurück in die Studentenbude, in der der junge Tomás mit wenig Geld und viel Enthusiasmus Buch um Buch verschlang, bevorzugt Kriminalromane und sonst alles, was traurig war und melancholisch. Nach ein paar Sekunden fing er sich aber wieder, mit den Gedanken zurück in der Gegenwart, mit dem Blick in Richtung Manfredo und der Stimme hörbar und fest.

„Kennen Sie die Novelle?", forderte er Manfredo nun heraus.

„Nein", gestand dieser ohne Umschweife, wobei er mit seinen kleinen Augen traurig aus seinem breiten, freundlichen Nilpferdgesicht schaute, „leider nicht."

„Oh", sagte Professor Unamuno mit hochgezogener linker Augenbraue, „dann ist Ihnen gleich zweierlei entgangen: die Novelle. Und – Korngolds Änderungen!"

Der Professor machte eine kurze Kunstpause.

„Die Geschichte ist im Prinzip gleich", dozierte er sodann. „Witwer kommt über den Tod seiner jung verstorbenen geliebten Frau nicht hinweg und macht die institutionalisierte Trauer zum Lebensinhalt."

Er erläuterte dies jetzt, als behandele er eine Rechtsfrage. „Dann trifft er die junge Tänzerin Marietta, die aussieht wie seine Frau. Erst vergöttert er sie. Und dann – hasst er sie! Er hasst sie, denn sie ist eben doch jemand anderes!" Bei den letzten Worten war

Farbe in die Stimme gekommen, zugleich schwarz und rot.

„Und ab da", und hier hob Professor Unamuno den linken Zeigefinger, wie stets, wenn er in der Vorlesung zu dem entscheidenden Punkt kam, „trennen sich Rodenbachs und Korngolds Wege!" Den letzten Satz hatte er so laut ausgesprochen, dass sich zum ersten Mal an diesem Abend ein Känguru am Nachbartisch kurz zu ihm und Manfredo umdrehte – nachdem deren leise geführtes Gespräch zuvor in den Geräuschen des Restaurants, den Stimmen der Gäste, den Bestellungen, den Rufen des Personals, dem Geklapper von Geschirr und den allem unterlegten Opernklängen nie mehr gefüllt hatte als den kleinen Raum um ihren Tisch und ihre beiden Stühle.

„Bei Rodenbach kommt es zur Katastrophe! In Wut und Enttäuschung über ihr Anderssein", der Professor stellte die Worte nun in den Raum, „bringt der Witwer sie schließlich um!"

Das Känguru vom Nachbartisch schaute erneut verstohlen zu den Gästen nebenan herüber, diesmal den Bruchteil einer Sekunde länger.

„Bei Korngold hingegen", sagte Professor Unamuno nun sanft und ruhig und wieder so leise, dass das Känguru sich kein drittes Mal umwandte, „fantasiert der Witwer diese Katastrophe nur", und hier hob er anerkennend die Augenbrauen, „um dann seine Emotionen zu zügeln, statt ihnen zu folgen bis in die letzte Grausamkeit. Er verlässt schließlich seine Kirche des Gewesenen, um nach vorn zu schauen."

„Ja, Kirche des Gewesenen …"

Seine Stimme war jetzt auf einmal so leise, dass Manfredo sich sehr konzentrieren musste, um sie in den Klängen von Gesellschaft und Geselligkeit und Stadt und Leben noch zu hören.

„Den Begriff erfindet Korngold … und er erfindet ihn gut … Novelle und Oper … das sind zwei Antworten … zwei verschiedene Antworten auf diese eine Frage …"

Professor Unamuno war nun jenseits der Sinne. Das Sehen, das Hören, das Fühlen, das Riechen und das Schmecken, die hier so reichhaltig von allen Seiten genährt wurden, sie dienten ihm in diesem Moment zu nichts, nun, im Reich von Erinnerung und Gedanken – diese Sinne, die uns ja nie mehr anbieten als das Hier und Jetzt und ohne Gedächtnis und Erinnern sofort alles vergessen, was gewesen ist.

„Zwei Antworten", flüsterte Tomás Unamuno nun fast, sodass Manfredo ihn kaum noch verstand, „auf diese eine Tragik. Diese Tragik, sich für alles, was man liebt, Dauer zu wünschen, Ewigkeit. Nicht nur für die Tiere, die man liebt, für die natürlich zuerst. Sondern auch für die Dinge, die Bilder, die Orte, die Städte, die Völker, die Nationen … und zu sehen, dass alles davon untergehen wird … alles …"

Für einen unendlichen Augenblick trug die alte Schildkröte alles Leiden der Welt. Und obwohl seine Stimme am Ende nur noch schwer zu hören gewesen war, erschien Manfredo jetzt, wo der Professor schwieg, der Lärm des Restaurants, der Lärm der Stadt, ja der Lärm des Planeten immens, unangemessen, unerträglich.

„Rodenbachs Witwer scheitert daran." Professor Unamuno schaute Manfredo nun wieder an. Aber an
seiner Stimme merkte man, wie weit der Weg war,
den er noch zurücklegen musste, um wieder in diesem Abend, an diesem Ort und in diesem Gespräch
anzukommen. „Bei Korngold bricht der Witwer aus
dem Unglück auf ... ich weiß nicht, was realistischer
ist ..."

„Ihr Espresso!"

Der alte Hahn schnarrte diese Worte wie einen Befehl. Sodann setzte er den beiden ihre Tassen vor die
Nase, und zwar genau so energisch, dass der Espresso
schwappte, aber kein Tropfen überlief. Obwohl auch
er nicht laut gesprochen hatte, war es für Professor
Unamuno, als wische man mit einer beherzten Bewegung eine frisch gefallene Schneeflocke hinweg mit
all ihrer filigranen, kunstvollen, unendlich vergängli-
chen Poetik. Er war mit einem Schlag zurückgeholt
in das Hier und Jetzt. Und als hätte es diese Reise nie
gegeben, diese Reise in Vergangenes und in Verge-
hendes, schmetterte er: „Besten Dank!"

Ein bisschen Small Talk über dies und das, über die
Qualität der Aufführung, die Opernlandschaft in La-
teinamerika und Europa; ein paar Geschichten über
Belgien, verbunden mit der dringenden Empfehlung,
sich diesen kleinen, überreichen Kulturboden einmal
anzusehen – dann erhob Professor Unamuno sich,
entschuldigte sich kurz und verschwand für wenige
Minuten aus dem Gastraum.

Als er diesen wieder betrat, begab er sich nicht sofort an den Tisch zurück. Er ging vielmehr die gesamte Länge des Raumes ab bis zum Tresen. Dort

betrachtete er einen Moment lang die dort aufgehängten Fotos. Der alte Hahn, welcher die beiden den ganzen Abend außer bei dem Servieren keines Blickes gewürdigt hatte, schaute nun missbilligend in Professor Unamunos Richtung. Er besann sich aber sogleich und zog den strafenden Blick ab. Der junge Kellner hingegen drehte sich um in Richtung der die Fotos inspizierenden Schildkröte – nachdem er schon den ganzen Abend fahrig geblieben war und seine Blicke immer wieder Nilpferd und Schildkröte umtigert hatten, wie man eine unbekannte Maschine beäugt, von der man sich sicher ist, dass sie gefährlich ist, aber nicht weiß, welches Unheil genau droht.

Nachdem Professor Unamuno an seinen Platz zurückgekommen war und mit Manfredo noch ein wenig geplaudert hatte, schaute er auf die Uhr und sagte: „Oh, schon Mitternacht! Zeit für alte Schildkröten, so langsam ins Bett zu gehen." Er hob den linken Arm und winkte dem alten Hahn, der sich daraufhin ohne jede Geste umdrehte. Kurze Zeit später kam er mit der Rechnung und drückte diese auf den Tisch mit einem geschnarrten „Die Herren!".

Professor Unamuno, ganz und gar der rundum zufriedene Gast, warf sogleich einen größeren Schein darauf, welcher den Rechnungsbetrag um fast zwanzig Prozent überstieg. Dann strahlte er den alten Hahn an und sagte: „Stimmt so!"

Der alte Hahn quittierte dies nur mit einem knappen, strammen Kopfnicken – wie er auch nur das freundliche „Vielen Dank! Auf Wiedersehen!" quittierte, mit dem die beiden Gäste das Ristorante Opera verließen.

***

Professor Unamuno war bestens gelaunt.

„Das war doch ein sehr schöner Abend, nicht wahr?", sagte er. Dabei lächelte er in dem Glück des Augenblicks – jenem Glück, das nicht mehr braucht als einen bloßen Moment und das nicht zerstört werden kann durch den Gedanken an seine Kürze, an sein baldiges Verdrängtwerden durch kommende Sorgen und Nöte. Manfredo hingegen vermochte dieses Glück gerade nicht zu teilen.

Unruhig, aufgeregt, angespannt, dabei ohne Interesse für das, was an diesem Abend an Schönem passiert sein mochte, fasste er sich schließlich ein Herz und fragte, den Blick leicht am Gegenüber vorbei: „Professor?" Dieser war nun mit einem Schlag ganz für seinen Studenten da, mit genau dem liebevollen Gesicht, mit dem man ein fragendes Kind anschaut. „Ja, mein guter Manfredo?"

„Haben wir auch irgendetwas … herausgefunden …?"

Professor Unamuno lächelte zunächst für eine kurze Sekunde. Es war ein leicht spöttisches, aber doch ganz und gar freundliches Lächeln, mit den Mundwinkeln nur ein wenig nach oben, aber dafür mit Lachfalten links und rechts des Mundes – Lachfalten, die ein wesentlicher Grund waren, wieso diese Schildkröte überhaupt durchs Leben gekommen war auf einem so ungastlichen Planeten.

„Und ob!", rief er dann – und zwinkerte Manfredo zu wie jemand, der gerade still und leise einen genialen Plan verwirklicht hatte und nun endlich darüber sprechen kann.

„Erstens", begann er zu dozieren, jetzt wieder in einem nüchternen, fokussierten Ton, wie ihn Manfredo aus seinen Vorlesungen kannte, „wissen wir nun, dass diese Leute aus dem Restaurant mehr wissen, als sie der Polizei gesagt haben. Der Inhaber mit der Rechnung etwa", und hier hob er den Zeigefinger der linken Hand, „hat uns angeschaut, als wolle er uns ermorden. Und dieser junge Kellner war bei unserem Anblick so nervös, dass er kaum das Weinglas gerade halten konnte. Und zweitens ..." Professor Unamuno blickte in Manfredos Gesicht, wohlwollend und herausfordernd.

„Und zweitens?", entgegnete der Student voller Spannung, aber völlig ratlos, was „zweitens" sein könnte.

„Zweitens ...", und der Blick war jetzt stechend, „... hatte die stolze Henne einen sehr pompösen Ring. Aber von dem glücklichen Gemahl war außer auf den Fotos an der Wand nichts zu sehen!"

„Was haben Sie jetzt vor?", entgegnete Manfredo millisekundenschnell – wobei jetzt die Sicherheit desjenigen in seiner Stimme lag, der nach langem Aufenthalt auf schwankendem Boden wieder festen Grund unter den Füßen spürt.

„Kommen Sie morgen Abend zu mir", entgegnete sein Lehrer lächelnd – und schickte den gerade erst sicher stehenden Manfredo damit auf schwankende Erde zurück.

„Dann weiß ich vielleicht schon mehr!"

***

40

Ja, wer einen Zeitungskiosk betreibt, nahe der Oper, der hat durchaus ein bisschen zu erzählen. Wenn es sich dabei dann noch um einen Papagei handelt, bunt und grell und mit einer niemals erlahmenden Neugierde, ja, und wenn dann noch eine alte Schildkröte dort auftaucht, freundlich lächelnd, die nicht nur großzügig Wechselgeld gibt, sondern sich tatsächlich interessiert für das, was so im Viertel geschieht, ja, dann kann so ein farbiger Vogel schon ins Plaudern kommen: über das Opernpublikum, die Stars, die Lumpensammler, die Journalisten, die Taxifahrer – und das nahe gelegene Restaurant mit seinen Inhabern, dem alten Manuel Elizondo, dem es gehört, seiner Tochter Lidia, seinem Sohn Felipe und dem Enkel Enrico. Und wer sagt denn, dass Klatsch und Tratsch langweilig wären? Oder gar unwahr …?

***

Manfredo saß auf dem Sofa wie der Musterschüler zu Beginn der Schulstunde: aufrecht; die Hände auf der Tischplatte, jederzeit aktionsbereit; den Kopf leicht nach oben gerichtet auf zwei Schultern, die himmelwärts strebten; das breite Nilpferdmaul zugleich fest geschlossen und leicht lächelnd; die Nasenlöcher geweitet, um genug Luft zu haben für die ersehnte Anstrengung; den Blick in Richtung Lehrer – mit einem Gesichtsausdruck, der sagt: Ich bin nicht wissend, aber ich möchte es werden! Dass Amparo Unamuno, die wie schon bei dem ersten gemeinsamen Treffen in einem Rollstuhl neben dem Sofa saß, dabei gerührt und belustigt auf ihn schaute, nahm Manfredo vor lauter Konzentration gar nicht wahr.

„Also", begann Professor Unamuno seine Vorlesung, „was ich vermutet hatte: Es gibt einen Mann zu dem Ring. Aber", und hier hob er die Stimme ein wenig und wurde ein klein bisschen lauter, „der ist verschwunden. Und zwar ..." – Kunstpause – „... seit einer Woche! Zuletzt gesehen also einen Tag vor Ihrem Mord!!"

Professor Unamuno schaute nun wie jemand, der beauftragt worden war und geliefert hatte, gut geliefert hatte.

„Und Streit soll es auch gegeben haben", ergänzte er wissend wie süffisant. „Schon lange, und immer heftiger."

Manfredo war vom wissbegierigen Schüler zum begeisterten Fan geworden. Er strahlte so sehr, dass seine Mundwinkel von einem wild zitternden Nilpferdohr zum anderen reichten. Seine kleinen Augen waren weitestmöglich aufgerissen. In seinem Blick, in seiner Mimik und in seiner Gestik lagen grenzenlose Begeisterung und zugleich größte Anspannung. Und die jederzeit handlungsbereiten Hände bebten, denn sie wollten unbedingt etwas tun. „Interessant!!", rief er, „sehr interessant!!!" Manfredo wurde immer ekstatischer. „Aber wo nur wäre dann die Leiche?!?"

„Beachten Sie die Dramaturgie meines Berichts", entgegnete Professor Unamuno sachlich, wobei er mit dem linken Zeigefinger direkt auf Manfredo wies. „Es gibt eine aufsteigende Linie und der Höhepunkt kommt – jetzt!!" Bei dem letzten Wort hatte Professor Unamuno den Zeigefinger auf einmal hochgerissen wie ein Dirigent den Taktstock, bevor er das Orchester beginnen lässt.

„Die beiden haben ein Haus, draußen in La Choza, sehr abgelegen, mit einem Garten. Einem großen, verwilderten Garten … und das …

***

… schauen wir uns doch einfach mal an!"

Professor Unamuno und Manfredo standen vor einer kleinen Hütte am Rande eines Dorfes im offenen Grasland der argentinischen Pampa. Die Wiesen waren bräunlich ausgedörrt von dem langen und heißen Sommer. Die Luft war erfüllt von der zirpenden und surrenden Tätigkeit zahlloser Insekten, ihrem blütengelben Summen, von Zikaden, von Bienen, von Fliegen, von Libellen, die den warmen Spätsommer noch einmal ausnutzten für ihr rastlos-kurzes Leben.

Das Land war frei und offen bis zum Horizont; nur ab und an leichte Wellen wie bei ruhigem Seegang. Allein ein paar flache Gebäude hier und da, gelegentliche Bäume und Büsche sowie das angrenzende kleine Dorf ließen den schweifenden Blick anhalten. Am Wegesrand blühten noch ein paar Blumen; die meisten aber hatten ihren Zenit überschritten und waren verblasst und verwelkt. Es roch nach späten Blüten und nach Gras und nach Erde, nach der Fruchtbarkeit eines Segen spendenden Bodens.

„Es ist immer wieder beeindruckend", plauderte Professor Unamuno, während er sich mit Manfredo in Richtung des gesuchten Gebäudes begab, „wie eng wir Tiere aufeinandersitzen und wie wenige Kilometer man nur hinausfahren muss aus dem Moloch, um sich auf einmal wiederzufinden in einer anderen Welt ... einer Welt, in der das Land grün und der Himmel blau ist. Es fehlen nur die Cafés", ergänzte er spöttisch, „und die Geschäfte und die Museen und die Häuser und die Metro und die Autos und die Tiere – und ich würde glatt umziehen!"

„Schau an", rief er dann auf einmal, „da sind wir!"

Das Gebäude, vor dem die beiden nun standen, war ein schlichter Bungalow: quadratisch, mit je zwei Fenstern auf jeder Seite und zum Garten hin einem Fenster und einer Tür. Weiß gestrichen war er vor langen Jahren. Nun aber blätterte die Farbe und war grau und braun durch Erde und Dreck. Die Fensterläden waren schadhaft; gestrichen in einem Grün, das noch mehr gelitten hatte als das Weiß der Wände. Vor dem Haus war tatsächlich ein großer, verwilderter Garten, umzäunt von einem morschen Zaun, beschattet von einem großen Baum, etwa zwanzig Meter von dem Haus weg. Im Erdreich waren noch die Relikte einmal angelegter Beete zu erkennen. Aber Blumen und Unkraut hatten ihr Reich längst zurückerobert.

„Wirklich sehr ungepflegt", sinnierte Manfredo. „Ja, ungepflegt", echote Professor Unamuno, „und recht einsam!" Bei diesem Halbsatz grinste er seinen Studenten an wie einen Mitwisser. Sodann begab er sich zielstrebig in Richtung des zerfallenen Gartentores, schaute sich kurz um, öffnete es und betrat das Grundstück. Manfredo folgte ihm nur zögerlich.

„Äh ... Professor ... dürfen wir das?"

„Lassen Sie es mich mal so sagen", grinste dieser, wobei er zugleich in Bedenken den Kopf wiegte,

„don't ask me no questions and I won't tell you no lies."

Garten und Haus schienen lange verlassen. Neben morschen Erinnerungen an Arbeit und Pflege gab es nur die Wärme des Spätsommers, die Gerüche und die Geräusche der Natur und die Ruhe des Dorfrandes. Wären Professor Unamuno und Manfredo nicht auf einem fremden Grundstück gewesen, dazu noch mit einer klaren Mission, sie hätten sich auf eine Gartenbank setzen und das Landleben genießen können. Aber die beiden hatten Wichtigeres zu tun.

„Schauen Sie mal da!", rief Manfredo plötzlich und zeigte auf einen frisch angelegten kleinen Hügel mit gerade gepflanzten Blumen.

„Nun", sagte Professor Unamuno kopfnickend, „irgendwo muss der Gartenfreund ja mit der Arbeit anfangen! Und es fällt mir fast schwer", fuhr er fort, wobei er nun sehr langsam sprach, da er sich zugleich suchend umschaute, „dieses liebevolle Werk zu zerstören, aber …", und nun machte er ein paar Schritte in Richtung einer alten Schaufel, die er ergriff und Manfredo hinhielt, „… was sein muss, muss sein!"

In Vorfreude auf den grausigen Fund ergriff das Nilpferd die Schaufel und rammte sie ins Erdreich.

„Buenos días."

Manfredo hielt mitten in der Bewegung inne. Höflich hatte es geklungen. Aber auch irritiert. Immer noch gebückt, schaute Manfredo in Richtung Schallquelle. Professor Unamuno, der ebenfalls mit einer gewissen Anspannung auf den Spaten und die Grabung geblickt hatte, versuchte eine Drehung in Richtung des Weges. Er blieb aber mit den Füßen im

Blumenbeet. Auf der Straße war ein älteres Ehepaar: zwei Sträuße in einfacher Kleidung, Dorfbewohner wahrscheinlich. Das Paar lief zwar weiter, aber dabei beäugte es misstrauisch die beiden Unbekannten.

„Buenos días!", erwiderten diese nahezu gleichzeitig, nachdem beider Schrecksekunde vorbei war. Manfredo hatte sich nun aufgerichtet und stützte nur noch eine Hand locker auf den Spaten. Und Professor Unamuno hatte sich auch mit den Füßen in Richtung der Straße gewandt. Sie waren jetzt die personifizierte Selbstverständlichkeit. Das Straußenehepaar wurde langsamer, unschlüssig, überlegend. Aber die Pose des Nichterklärungsbedürftigen, die sich ihnen nun bot, wirkte.

„Zu viel Betrieb hier am Tag", urteilte der Professor, nachdem die Sträuße sich entfernt hatten, und nahm dabei Manfredo den Spaten aus der Hand. „Lassen Sie uns heute Nacht wiederkommen. Denn nachts sind alle Nilpferde und Schildkröten grau!"

***

„Hm, Lampen, ein Klappspaten, sogar etwas Proviant. Ich glaube, wir sind so weit", sagte Tomás Unamuno eher zu sich selbst, während er in der Küche einen großen Rucksack packte. Seine Frau Amparo, mit dem Rollstuhl neben ihm, legte ihre Hand auf seinen Arm.

„Ich weiß nicht, ob das so eine gute Idee ist …", sagte sie, wobei sie ihren Mann ebenso warm wie sorgenvoll anschaute und sich die Stirn über ihren grünen Augen wellte. „Bringt euch wenigstens nicht selbst in Gefahr", bat sie leise. „Du weißt doch, dass wir alten, kranken Schildkröten alleine nicht sein können."

Professor Unamuno hielt inne, wandte sich ihr zu. Er schaute sie an mit der Dankbarkeit, die entsteht, wenn Liebe dauert, streichelte ihr über den Kopf und sagte: „Ja, das weiß ich. Ich bin ja selber eine alte, kranke Schildkröte. Deshalb komme ich auch heil zurück. Versprochen!"

***

Mit Einbruch der Dunkelheit hatte die vor wenigen Stunden noch so freundliche und offene Pampa ihren Charakter gewandelt. Am Himmel war nicht mehr die sanfte Sonne des Spätsommers, sondern ein fahler Halbmond. Dieser stand einem Firmament vor, das durch silbrig glänzende Wolkenfetzen, schwaches Licht und schleierhaften Dunst ein Reich aus dunklem Grau, leuchtendem Grau und dem Schwarz des Nachthimmels war. Die Büsche und Bäume, tagsüber mediterrane Lebensfreude, waren zu Schatten geworden, zu Wächtern, die den Weg von Professor Unamuno und Manfredo flüsternd beobachteten. Neben diesem Flüstern der Schatten, ihren tausendfachen Geheimnissen und dem tausendfachen, dunkelviolett changierenden Tuscheln ihrer Blätter im Wind hatten mit der Machtergreifung des Mondes hienieden die Insekten der Nacht die Herrschaft übernommen – mit ihrem bedrohlichen Surren.

Über allem lag eine Feuchte, eine Klebrigkeit der Luft, die sich in der Kleidung und auf der Haut festsetzte – als wolle die Nacht von den Eindringlingen Besitz ergreifen. Die Landschaft der Pampa schließlich, tagsüber die Verheißung grenzenloser Freiheit, hatte sich in ein riesiges Feld gekehrt aus schwarzer Fläche und tiefschwarzen Konturen – so unendlich wie tags, doch nun als Unendlichkeit der Gefahren, der Unsicherheit und des Ungewissen. Sie war zum Sinnbild unserer Angst geworden – unserer Urangst, dieser kindischen, steinzeitlichen Angst vor dem, was wir nicht sehen, vor dem wir uns nicht deshalb fürchten, weil es gefährlich ist, sondern weil wir nicht wissen, was kommt.

Professor Unamuno und Manfredo liefen am Rande des Weges entlang – selbst nur zweimal huschendes Grau, das versuchte, zwischen dem fahlen, tanzenden Licht der sich im Wind wiegenden Bäume so wenig wie möglich aufzufallen. Dem Betrachter – und wer weiß schon, ob es ihn nicht gab – wäre dabei freilich nicht entgangen, wie Manfredos massiger Körper sich für unauffällige Bewegung selbst im Schutze der Dunkelheit kaum eignete: Wie eine Schattenwalze rollte er den Weg entlang vor Professor Unamunos flüchtigem Abbild. Die Größe seines dunklen Abdruckes machte Manfredo unruhig und unsicher: Den Kopf ganz in die Schultern gezogen, versuchte er alles, sein Nilpferddasein so klein wie möglich zu machen. Doch er traute dem Ergebnis nicht: Rasend gingen seine Augen hin und her, bestrebt, alles, was möglich war, aus dem Grau und dem Schwarz und dem Silber heraus zu sehen.

Kracks!!

„Aaaaaaaaaaaaah!!!!"

Wie ein Peitschenhieb durchschlug Manfredos Schrei die Nacht. Sein ganzer Körper zuckte. Seine Augen flackerten. Sein Mund stand offen. Wo war die Gefahr?

„Psssssssssssst!", hörte er strafend und der Verstand eroberte die Herrschaft zurück.

„Sorry …", flüsterte Manfredo kaum hörbar und ohne sich umzudrehen. Um dann den Weg fortzusetzen, doppelt selbstbeherrscht.

Die beiden erreichten das Gartentor.

In höchster Anspannung blickte Manfredo sich in alle Richtungen um. Und auch der Professor, ebenfalls aufgeregt, aber nach innen gelenkt, mit flauem Magen und lautem Puls, versuchte, die beiden und ihr Unterfangen durch ein intensives Betrachten der Umgebung so gut als möglich abzusichern. Aber es gab Kräfte in ihm, die selbst in diesem Moment die Prioritäten anders setzten …

„Buuuuh!"

Wie unter plötzlichem heftigem Strom wurde Manfredos Körper geschüttelt – und erstarrte dann in der verkrampften Pose, in die der Schreck ihn getrieben hatte. Dazu schrie er zunächst laut auf, um dann den Schrei auf Wispern abzusenken wie ein heruntergedrehter Lautsprecher. Nachdem die Schrecksekunde vorbei war und sich der elektrisierte Körper entkrampfte, drang freilich die Erkenntnis in sein Bewusstsein, dass dieses Geräusch sich sehr wohl würde zuordnen lassen: Manfredo drehte sich um und blickte in die Konturen eines breiten Grinsens.

***

Sie waren angelangt an dem frisch gepflanzten Grab.

Professor Unamuno, dessen Bedürfnis nach Schalk nun befriedigt war, holte leise den Klappspaten aus seinem Rucksack. Wortlos reichte er ihn dem hoch konzentrierten Manfredo. Dieser entfaltete ihn still und feierlich und steckte ihn dann vorsichtig in das Beet. Professor Unamuno hielt dabei eine kleine Lampe in der Hand, die freilich noch ausgeschaltet war und dazu dienen sollte, nach der Grabung Gewissheit zu erlangen. Die Anspannung der beiden hätte größer nicht sein können: Standen sie vor der Lösung von Manfredos Fall? Würden sie tatsächlich den vermissten Ehemann finden? Oder vielleicht ein ganz anderes Opfer, an das sie bisher gar nicht gedacht hatten? Verbarg sich unter diesen unschuldigen Blumen tatsächlich nicht weniger als eine Kapitalstraftat? Und so lenkten die beiden ihre Blicke und ihr Hören, aber auch jene Art von Aufmerksamkeit, die keines Sinnesorgans bedarf und uns gleichwohl erkennen lässt, wenn wir in der U-Bahn oder im Bus beobachtet werden, ganz und gar auf dieses Beet und diesen Spaten und diese große Hoffnung.

Es wird der Nacht geschuldet gewesen sein, dem Schwarz, dem tiefen Blau, aber auch dieser Fokussierung, die nur noch den Sieg vor Augen hatte und nicht mehr die Gefahr, dass die beiden nicht bemerkten, wie die Tür des Bungalows sich langsam öffnete …

„Was zum Henker …!??!"

„Aaaaaaaaaaaaaaaaaaaaaaaaah!!!"

Professor Unamuno und Manfredo waren wie vom Schlag getroffen. Manfredos Hand ließ den Spaten fallen. Ihrer beider Kehlen boten den Schreckenslaut so stimmmächtig, dass sie spätestens jetzt jeden in dem Häuschen geweckt hätten. Ihre Köpfe wurden in Richtung der Gefahr gedreht – wo ihre Blicke einen Geist wahrnahmen, schwankend, groß, drohend und auf dem Weg in ihre Richtung. Professor Unamunos Daumen schaltete die Lampe an, autark, automatisch, und leuchtete dem Geist direkt ins Gesicht … um seine Augen kalt und hart darauf zu stoßen, dass sie dieses Gesicht schon einmal gesehen hatten: auf den Fotos im Ristorante Opera, neben Lidia Elizondo – als ihren ihr angetrauten Gemahl …

Der Geist, übermächtig-schattenhaft in der Dunkelheit, wurde im Lichte der Lampe erkennbar: als aufgedunsener Hahn mit roten Augen, dicken Backen, angeschwollener Halsader, ungepflegtem Gefieder, dreckiger Kleidung, einer Weinflasche in den Händen und einer selbst auf Meter noch Brechreiz erregenden Fahne. Und nach seinem Schreck schaltete er im alkoholisierten Schädel auch: „Ah, so also! Natürlich kommt sie nicht selbst! Diese dreckige Schlampe!" Schwankend und bedrohlich näherte sich der Hahn nun Professor Unamuno. Die Weinflasche, schon längst herabgewürdigt vom Kultur- zum Suchtobjekt, wurde dabei mit jedem Schritt mehr zur Waffe.

Und er brüllte, er brüllte, er brüllte sich in Rage: „Aber das könnte der Hure so passen! Das ist mein Haus!! Meins!! Meins!!" Er stand jetzt unmittelbar vor dem Professor, Kopf an Kopf, konzentrierter nun, bösartiger, gefährlicher – so wie der gefährlicher ist, der nicht nur hasst, sondern der hasst und dabei einen

Plan hat. „Nichts wird sie bekommen! Nichts!! Niemals!!"

Manfredo und Professor Unamuno hatten sich keinen Schritt bewegt. Selbst das instinktive Ausweichen war ausgeblieben. Zu mächtig hielt sie die beiden fest, diese Mischung aus Erschrecken, Überraschung und Enttäuschung. Und der Hahn erkannte, dass seine Gegner gelähmt waren: „Und jetzt zu euch, ihr Hurensöhne!!" Brüllend bückte er sich und streckte die Hand aus in Richtung Klappspaten …

Es war in diesem Moment, dass Manfredo sich losriss aus der Starre, sich besann – und dann dem Hahn, der den Spaten schon in Händen hielt, einen beherzten Stoß gegen die Brust versetzte. Dieser wurde hart getroffen: Er taumelte, richtete die Augen weit aufgerissen auf Manfredo, überrascht, beinahe fragend, riss tonlos den Schnabel auf, kämpfte um sein Gleichgewicht, schwankte, eierte, fluchte – und kippte dann nach hinten. Wie ein auf den Rücken gefallenes Insekt lag er nun auf dem Erdreich, Arme und Beine in hektischer, sinnloser Bewegung.

„Du Mistkerl!", krakeelte es nun. Doch die Erdenschwere war stärker. „Nichts kriegt sie!! Nichts!! Sagt ihr das!! Und wenn sie noch mal jemanden schickt, schlag ich ihn tot!!"

„Weg! Weg! Weg!!"

Manfredo ergriff Professor Unamuno am Arm, der die ganze Zeit nur dagestanden hatte mit traurigem, kontemplativem Blick. Er rannte los und zog seinen Strafrechtslehrer dabei einen halben Meter mit sich. Dann erwachte auch in dessen Körper das Leben wieder, dieses Leben, das leben will und Rettung verlangt, wo Gefahr ist. Und so rannten nun beide in Richtung Fluchtwagen.

Wann es dem Geist gelungen war, wieder auf die Beine zu kommen, erfuhren Professor Unamuno und Manfredo nicht. Sie rannten und drehten sich nicht um. Das Gebrüll aber wurde langsam leiser. Nachdem es nicht mehr zu hören war, drosselten die beiden ihr Tempo und erlaubten sich nun auch ein intensives, lebendiges Keuchen. So erreichten sie den Wagen. Als sie etwas gefahren waren, schaute Professor Unamuno Manfredo mit dem Blick des Wissenschaftlers an: „Hier stellt sich die Frage nach dem Motiv doch einmal anders: Warum hat sie ihn eigentlich nicht umgebracht ...?!"

***

„Na gut, das war ein Schlag ins Wasser ..."

Missmutig blickte Professor Unamuno ins Nirgendwo. Seine Augen waren zusammengekniffen, seine Mundwinkel angespannt und mit der linken Hand trommelte er mürrisch auf den Couchtisch. Es war das Eingeständnis einer Niederlage – aber zähneknirschend und nur hinsichtlich einer Schlacht und nicht etwa des ganzen Krieges!

„Irgendetwas ...", so sinnierte er denn auch weiter, zweifelnd und entschlossen, „... stimmt an diesem Restaurant nicht ... Das merke ich einfach ... Zumal ich die ganze Zeit das Gefühl nicht loswerde, dass mir zu diesem Restaurant irgendetwas einfallen sollte ... aber ich erinnere mich nicht einmal daran, was eigentlich ..." Diesen letzten Satz hatte er auf dem

Scheitelpunkt der inneren Schlacht gesprochen, zwischen Resignation und Kampfeswillen – um dann die Gedanken ganz nach innen und ganz auf die Tiefen des Gedächtnisses zu lenken und leise vor sich hin zu sagen: „... irgendeine Geschichte, ein Fall, was auch immer ... obwohl", und hier schaute er auf, wach und sicher, „ein Fall wäre mir schon längst eingefallen!"

„Alleine dieser Kellner!", rief er dann plötzlich. Und die Missstimmung war zurück – aber nun viel energischer, weil der Kampfgeist in der Zwischenzeit gesiegt hatte und den Umstand, dass Professor Unamuno nicht weiterkam, nun nicht mehr als Grund für eine Kapitulation akzeptierte, sondern als Ärgernis und fehlenden Siegeswillen.

„Dieser Kellner war so nervös, als er uns bediente, dass er kaum ein Weinglas halten konnte!"

„Ach, Tomás ...", sagte seine Frau leise. Sie legte ihm dabei die Hand auf den rechten Unterarm und schaute ihn an, wie man ein Kind anschaut, das eine Marotte hat, die man eigentlich missbilligen müsste, aber stattdessen umso liebenswerter findet. „Du und deine Schwäche für Geheimnisse. Und was, wenn Manfredo sich einfach geirrt hat?"

Diese Frage ließ den gerade gefassten Kampfesmut ihres Mannes zusammenstürzen wie ein Kartenhaus. Er sank mit dem Kopf nach vorn. Seine Augen wurden traurig. Die Mimik seines Mundes wurde schlaff.

„Ja, es stimmt ja", seufzte er. „Die Umstände, unter denen seine Beobachtung stattfand, machen ihn nicht gerade zum Traumzeugen ... und trotzdem ...", flüsterte er nun beinahe, „... irgendetwas stimmt da nicht ..."

„Einmal noch gehe ich hin! Genau noch einmal!" Sein Blick war plötzlich scharf und fixiert. Sein Kopf war weit nach oben geschoben. Sein Oberkörper war aufgerichtet. Der Tonus seiner Muskeln war schlagartig höher. In seiner Stimme lag nicht nur Entschlossenheit, sondern zugleich die Leichtigkeit des genialen Planes, der ihn mit einem Hieb durchschlägt, den unlösbar scheinenden gordischen Knoten.

„Genau noch einmal! Und wenn ich dann immer noch nichts anderes zu bieten habe als einen nervösen Kellner und ein komisches Gefühl – dann gebe ich auf!"

Drei Viertel entschlossen und ein Viertel unsicher blickte er nun in Richtung seiner Frau. Diese lächelte sanft, begann seinen Unterarm zu streicheln – und er wusste, dass der Plan genehmigt war.

***

Als Professor Unamuno das Ristorante Opera betrat, galt die Aufmerksamkeit des Personals für einen kurzen Moment ihm allein. Lidia Elizondo, die Henne, und Manuel Elizondo, der ältere Hahn am Empfang, schauten eisig. Sonst aber ließen sie sich in Gestik und Mimik nichts anmerken. Felipe Elizondo, der Hahn aus der Küche, stoppte, als er Speisen heraustrug, für einen kurzen Augenblick mit den Augen bei dem Gast: unwirsch, verärgert, genervt.

Dann aber setzte er seine Arbeit fort. Enrico Elizondo, der junge Kellner, hingegen begann am ganzen Körper zu zittern und zu schlottern und brauchte wieder seine gesamte Gedankenkraft, um sich auf das Halten einer Suppenschüssel zu konzentrieren, die er gerade auf einem Tablett balancierte. Der Professor nahm an einem kleinen Tisch Platz. Enrico, der Junge, servierte ihm dort seinen Malbec – wozu er recht lange brauchte, da einerseits das Gleichgewicht für ihn zum Problem geworden war, er sich andererseits aber bemühte, die Zeit dafür so kurz zu halten, wie die Umstände es nur eben zuließen.

Professor Unamuno senkte den Kopf und atmete die holzig-süße Tiefe. Die Augen hielt er dabei aber nicht auf das Glas gerichtet, sondern schweifte von schräg unten mit dem Blick durch das Restaurant. Außer der Nervosität des Kellners war freilich nichts Besonderes zu entdecken. Es war wieder gut gefüllt mit fein gekleideten Operngängern, die in Vorfreude auf die „Tote Stadt" über Werk und Inszenierung sprachen – oder auch über Streit mit den Nachbarn, Arthrose, Liebeskummer, eine anstehende Prüfung oder das Elend des Weltenlaufs. Lidia und Manuel Elizondo, die Selbstbeherrschten, waren im Normalbetrieb und behandelten den Gast Unamuno nun nicht mehr anders als jeden anderen Besucher auch. Felipe trug weiter seine Speisen heraus. Und so kurz war dabei nur der stets grimmige Blick Richtung Schildkröte, dass er die Abläufe nicht störte. Und Enrico, der Junge, hielt zumindest seinen Posten. Überall nur Routine, Routine, nichts als Routine; langweilig, enttäuschend, entmutigend …

***

Es gongte.

Gläser wurden geleert, Stühle wurden geschoben, Jacken wurden gehalten, Eintrittskarten wurden herausgekramt. Das Opera begann sich zu leeren. Professor Unamuno indes blieb sitzen. Er schaute fragend auf die Uhr und fingerte an seinem Weinglas herum, als habe er geprüft und befunden, zum Leeren der verbliebenen Tropfen sei noch Zeit. Doch er wusste: Wenn er nicht zumindest mit den letzten Gästen aufstehen würde, wäre endgültig klar, dass er zum Ermitteln hier war. Er schaute sich also noch einmal um in dem sich leerenden Restaurant; suchte fiebrig nach einem Hinweis, nach einer Anomalie, nach einem Indiz, nach irgendeinem, irgendeinem gottverdammten Indiz; trank, als er bemerkte zurückzubleiben, den letzten Schluck Wein aus; warf die Blicke noch einmal hin und her, hektisch, ergebnislos; erhob sich dann, schon tief enttäuscht, Manfredos Fall, der außer schwappenden Gläsern nichts ergeben hatte, begraben zu müssen, für immer begraben zu müssen – als er plötzlich gewahr wurde, dass Manuel, der Alte, nicht in dem Restaurant blieb wie Lidia und auch nicht in Richtung Küche verschwand wie Felipe und Enrico, sondern als einer der Letzten hinter den Gästen in den Hausflur trat durch den roten, dunklen Vorhang …

Professor Unamuno war mit einem Mal hellwach. Er stellte das Weinglas ab, erhob sich, griff nach seinem leichten Sommermantel und begab sich nun ebenfalls in den Hausflur. Zu seiner Rechten verließen gerade die letzten Besucher das Gebäude in Richtung Opernhaus. Von links aber, vom alten Holz des Treppenhauses, meinte er etwas zu hören! Er blieb stehen und hielt seine Hand als Trichter an das linke Ohr, wobei er seine ganze Aufmerksamkeit nach links lenkte, weg von der Haustür, der Straße und den letzten nach draußen tretenden Tieren. Und tatsächlich: Er hörte Knarzen! Mal leises, mal lautes Knarzen! Jemand ging die Treppe hoch! Jemand ging in Richtung Tatort! Und es konnte nur einer sein: Manuel Elizondo, der alte Hahn!

Ja, ja: Er wohnte da oben irgendwo. Ja, vielleicht machte er nur eine kurze Pause. Ja, vielleicht bedeutete dies alles nichts. Ja, ja, ja – und doch: vielleicht … eine Spur?!?

Fiebrig-nervös stand Professor Unamuno da. Wie sollte er vorgehen? Er blieb zunächst unentschlossen stehen, überlegend, wann der Zeitpunkt am besten war, die Verfolgung aufzunehmen: nicht zu spät, um nicht zu verpassen, in welche Wohnung der Hahn verschwand. Doch auch nicht zu früh, um Gottes willen nicht zu früh, um nicht verraten zu werden von dem geschwätzigen Holz der Stiegen. Nachdem die Haustür ins Schloss gefallen war und damit auch das Geschnatter und Geplapper der letzten Gäste verstummte, erschien das Knarzen auf einmal lauter. Professor Unamuno hob für eine Viertelsekunde Augenbrauen und Zeigefinger und horchte dann auf die Botschaft der Stufen – Verbündete nun, die bereit waren, ihm zu sagen, bis zu welchem Stock sich der Alte bewegt hatte. Das Knarzen dauerte an, mühevolle Schritte verratend – um auf einmal für einige Sekunden auszusetzen und den Schall des mühsamen Gehens allein erklingen zu lassen. Estrich statt

Holz?? Ein Absatz?! Dann begann das Knarzen erneut, ein bisschen leiser, noch langsamer – und setzte wieder aus, um dann ein weiteres Mal zu beginnen. Nach kurzer Zeit brach es wieder ab. Und es blieb stumm! Stattdessen: ein bisschen Hall, ein leichtes Quietschen. Stille.

Dritter Stock! Manfredos Schatten! Es war der Stock von Manfredos Schatten!

Professor Unamuno verharrte zunächst in der Stille. Dann beging er die Treppe bis zum ersten Stock: ein Treppensteigen auf Zehenspitzen, dazu leichter als der alte Hahn – und doch nicht lautlos, nicht lautlos! Er erreichte die erste Etage. Noch sehr viel vorsichtiger schlich er weiter, dem Ziele und der Gefahr, entdeckt zu werden, immer näher. So geräuschlos und so aufgeregt wie nur irgend möglich, schwebend beinahe, atemlos, herzklopfend, begann er den dritten, entscheidenden Akt. Auf der Hälfte der Treppe ging dabei das Licht aus. Aber das kam ihm durchaus gelegen. Er bewegte sich ohnehin wie in Zeitlupe. Und nur zur Orientierung hielt er sich fest am alten Geländer, von dem die rotbraune Farbe abblätterte und das die Treppe zur Rechten hin begrenzte – während sie nach links von gekachelten Wänden umgeben war, schadhaft zwar, aber trotzdem noch mit der Erinnerung an großbürgerliche Wohnkultur. Millimeter für Millimeter arbeitete er sich vor. Schritt für Schritt. Fester Boden: Der dritte Stock war erreicht! Dämmerlicht nur, von draußen, ein Abglanz der Lichter der Stadt. Es gab nur eine Tür: eine schwere Holztür mit Intarsien, auch sie hochherrschaftlich, auch sie verlebt. Eine Tür zu einer Wohnung …

Wie auf der Jagd pirschte Professor Unamuno sich an sie heran, bis auf wenige Zentimeter. Angestrengt lauschte er sodann in die Wohnung hinein; versuchte herauszuhören, was die geschlossene Tür verbarg, ihr ihr Geheimnis zu entreißen, das sie beschützte. Es war nichts zu hören. Nichts. Absolut nichts.

„Mist!", murmelte er lautlos und nur durch die Bewegung der Lippen. Er dachte nach, geballt, unruhig, unter Zeitdruck. Seine Mundwinkel bewegten sich mit leichten Zuckungen, seine Stirn war gekräuselt, um die Augen bildeten sich kleine Falten. Er schwitzte, er zitterte, er atmete kaum. Er wusste nicht, was er eigentlich herausfinden wollte. Er wusste nicht einmal, ob es etwas herauszufinden gab.

Und erst recht wusste er nicht, wie er es entwinden sollte, das Mysterium, ihr, dieser schweren, dunklen, gealterten Wächterin. Er nahm allen Mut zusammen – und legte den Kopf mit dem linken Ohr an ihr Holz, um noch einmal so tief wie möglich in die Wohnung hineinzuhorchen …

Wie vom Blitz getroffen zuckte Professor Unamuno zusammen: Hatte die Tür sich unter dem sanften Druck seines Kopfes bewegt? Nach innen bewegt?? Nach innen??! Mit äußerster Vorsicht tippte er sie nun oberhalb des Schlosses leicht an. Tatsächlich!! Die Tür war nicht ins Schloss gefallen! Sie ließ sich nach innen bewegen …

**

Manchmal ist es besser, über Entscheidungen nicht nachzudenken, sondern intuitiv das zu tun, was einem das Unbewusste rät – das Unbewusste, das stets schneller ist als wir selbst. Gewiss, ein guter Ratgeber ist es keineswegs immer: Setzt es doch allzu oft seine Prioritäten gegen Welt und Regeln und neigt dazu, Gefahren zu übertreiben oder zu übersehen. Aber manchmal ist es genau das, wessen das zaudernde Ich bedarf: das Übersehen, das Kleinreden, das Bagatellisieren von Gefahren – von Gefahren, die sorgfältig zu Ende gedacht auch jedwedes Handeln beenden würden …

Und so war nur ganz von ferne in Professor Unamunos Bewusstsein das Wort „Hausfriedensbruch" zu hören, als er sich im Flur der Wohnung wiederfand …

Der Wohnungsflur schien wie das Hausmuseum eines schon vor langer Zeit verstorbenen Künstlers. Erhellt wurde er nur durch das wenige verbliebene Tageslicht der links wie rechts angrenzenden Räume, deren Türen alle etwas offen standen. Das Mobiliar war durchaus hochwertig: eine Garderobe sowie ein Dielenschrank, dunkel getäfelt, mit barocken Verzierungen, mit kleinen, in der Mitte dicker werdenden Säulen sowie fein gearbeiteten Kapitellen. Auf dem Boden fand sich ein alter Perserteppich, einstmals farbig und leuchtend wie die Märchen aus „Tausendundeiner Nacht".

Über allem lag Staub. Den Gang etwas weiter, auf sich biegenden Brettern, standen Weinflaschen: Namen und Jahrgänge respektabel. Doch auch sie bedeckt vom Abrieb der Zeit. Und auch die halb geöffneten Türen erlaubten den Blick in wenig besuchte Erinnerungsorte: die Möbel immer gleich schwer, gleich barock und gleich staubig; die Böden mit Dielen und mit altem Teppich, früher einmal farbenfroh, jetzt aber matt und erschöpft. Dazu eine dunkelgelbe Tapete. Zusammen mit den Brauntönen von Möbeln und Böden schuf sie einen einheitlich gedämpften Eindruck, müde, verbraucht. In keinem Raum brannte Licht. Die Luft war mit Staub angefüllt, Staub, der einen in der Nase kitzelte. Dazu der Geruch von Bohnerwachs und kaltem Pfeifentabak.

Und der Geruch des Bewohners – jener gar nicht unangenehme, aber doch markante Geruch des Körpers; dieser Geruch, der alles war, Aftershave, Schweiß, Wasser, Baumwolle, Stadt, Ruß, Geschichte, Leben; dieser Geruch, den eine Wohnung übernimmt, wenn eine Person nur lange genug darin gelebt hat. Und dazu das Schweigen der Dinge, das größer war als alle Geräusche der Stadt.

Von Manuel Elizondo aber war in der Wohnung nichts zu sehen oder zu hören. Professor Unamuno begann sich bereits zu fragen, ob seine Herleitung, dass dieser sich im dritten Stock aufhalten müsse, einfach falsch war – und er sich schlichtweg in einer Wohnung befand, die mit Manfredos Fall überhaupt nichts zu tun hatte. Freilich gab es noch einen Raum, in den der Flur an seinem Ende mündete – einen Raum, dessen Tür nicht nur angelehnt war, sondern weit offen stand. Und wieder war es diese unheimliche Kraft, dieses atavistische, irrationale Erbe im Kopf, dieser wahre Herr im Haus, der beschloss, auch in diesen Raum noch einen Blick zu werfen – aber doppelt vorsichtig, denn nur hier konnte er noch sein, der Alte, falls Professor Unamuno überhaupt am richtigen Ort war. Er schlich den Flur entlang, der offenen Tür entgegen, noch einmal gesteigert in Anspannung und Aufregung – und mit den Augen schon längst suchend, als die Frage im Kopf erschien, wie er den Raum eigentlich inspizieren sollte, ohne selbst gesehen zu werden. Plötzlich aber blieb er stehen: Am Ende des Flures, unmittelbar neben der weit geöffneten Tür, erblickte er einen Spiegel – einen Spiegel, mannshoch, golden-schwulstig eingefasst, mehrfach gesprungen. Aber noch nicht blind! Professor Unamuno begab sich auf die andere Seite des Ganges, presste sich an die Wand und schlich im Krebsgang in Richtung des trüben Glases. Als er von ihm in einem 45-Grad-Winkel weg war, in der Gefahrenzone wohl schon, selbst auf dem Silber zu erscheinen, doch immer noch weniger auffällig als mit dem Kopf in der Tür, wagte er einen Blick: Er ging auf, sein Sekundenplan! Der Spiegel schenkte die Einsicht in das letzte verbliebene Zimmer – in das letzte verbliebene Geheimnis!

Professor Unamunos Augen weiteten sich, zunächst in der Freude über die gefundene Lösung – aber dann angesichts dessen, was sich ihnen dort bot: eine Bühne, klein zwar, aber eine Bühne; erhöht, mit einem roten Vorhang an einer Gardinenstange, geöffnet und an den Seiten gerafft, samtig, feurig, leuchtend; dazu ein schwerer Kronleuchter an der Decke, zu groß für den Raum, viel zu groß, eher für das Foyer eines Theaters; unzählige Kerzen auf den halbhohen tiefbraunen Kommoden an den Wänden, Kerzen mit dem Geruch von Moll und dem Geschmack von Wachs in der Luft, zu dem Späher im Flur hinüberwehend als Bürge für die Nase, die Unbestechliche, dass der

Spiegel die Augen, diese spielenden Kinder, nicht narrte; die ganze Szene in tanzendem Licht; und unter dem Leuchter, zur Bühne hin, fünf Reihen Stühle, fünf Reihen – leer. Und auf dieser Bühne, mit rotem, mit aufrechtem, mit stolzem Kamm: Manuel Elizondo, der Hahn!!

Was um alles in der Welt machte er da?

Professor Unamuno fixierte den Spiegel. Was geschah dort? Nach einem kurzen Beobachten stellte er fest, dass Manuel Elizondo den Schnabel bewegte. Er bewegte den Schnabel, mal nur einen Spaltbreit, mal flatternd, mal schmeichlerisch, mal weit offen. Dazu: Herumstolzieren. Dazu: weit ausladend Hände und Oberkörper. Dazu: vollkommene Stille. Was nur war das?? Je länger Professor Unamuno zuschaute, je länger er dieses Schauspiel sah, diese Geisterstunde, diese Bühne, diese Stühle, diese Kerzen, die Requisiten, die Farben, die Bewegungen, je länger er sah und roch und schmeckte – umso mehr begriff er, dass es um das ging, was fehlte: Manuel Elizondo sang! Und er sang nicht irgendetwas. Er sang Opernarien! Seine ausladende Gestik, die heftigen Bewegungen des weit aufgerissenen Schnabels, die Intensität, die von seiner Erscheinung ausging – er war auf einer Opernbühne! Er sang Opernarien auf einer Opernbühne! Aber er sang sie ohne jeden Ton!! Er sang Opernarien ohne Ton und er sang sie vor leeren Stühlen!! Nur das Knistern der Kerzen war zu hören, das leichte Nachgeben der Bühne unter seinen Schritten und ganz von ferne die Geräusche des immer lauten Buenos Aires. Ansonsten: Stille, Stille, Stille!

Professor Unamuno wusste, dass er jetzt herausgefunden hatte, was es herauszufinden gab, und er sich schleunigst aus der Wohnung begeben musste, solange die gespenstische Aufführung noch dauerte. Aber er konnte es nicht. Er konnte es einfach nicht. Er stand da wie vom Donner gerührt. Festgebunden. Zum Zusehen verdammt. Festgebunden von dieser spukhaften Szene. Von dieser dröhnenden Stille, die sich ihm darbot im flackernden Schein der Kerzen. Und so schaute er den Gesten zu, diesen Bewegungen des Opernstars, er schaute auf das Spiegelbild der leeren Stühle, er roch den dunklen Ton des Lichts. Und er lauschte, konzentriert, als gäbe es etwas zu hören – obwohl es nichts gab außer einem ganz, ganz fernen Leben. Erst nachdem Manuel Elizondo, der Star, noch einmal mit großer Geste den Schnabel geöffnet und sich dann tief verbeugt hatte, kam die Erkenntnis der Gefahr in Professor Unamunos Bewusstsein zurück. Er riss sich los und begab sich im Krebsgang, aber nun deutlich schneller, aus der Wohnung. Zügig schlich er die Treppe hinunter, durchschritt, nun fast laufend, den Hausflur und trat auf die Straße. Dort stand er dann, minutenlang, regungslos, wie aufgewacht aus einem Traum. Er stand einfach nur da, in dieser Ansammlung von Geräuschen, von Autos, von Motorrädern, von Rollern, von sprechenden, rufenden, lachenden, streitenden, plappernden Tieren – und er hatte das Gefühl, als sei der Lärm, der hier herrschte, dieser ewige, ewige Lärm, nichts weniger als ein Sakrileg.

**

„Zu alt", sagte Professor Unamuno und schaute dabei auf den Bildschirm. Er saß in einem kleinen Raum mit dem gleichen hohen Fenster wie im Wohnzimmer – aber diesmal nur eines bei einer quadratischen Grundfläche, deren Seiten kürzer waren als die Decke hoch. Auf dem Boden lag ein schwerer, alter Perserteppich. An allen Seiten waren deckenhohe Bücherregale.

Der Raum wirkte so ein wenig wie ein Büchertrichter; wie die bauliche Erinnerung daran, dass selbst den fleißigsten und gebildetsten Lesern all das Wissen und all die Ideen, die in der Welt bereits angehäuft worden waren, irgendwann über den Kopf wachsen. Vor dem Fenster stand etwas in den Raum hineingeschoben ein kleiner Schreibtisch. Und auf diesem befand sich ein Eindringling: ein Computer. Professor Unamuno saß auf einem Stuhl im Empirestil, dunkelblau bespannt, aus hellem Teakholz. Und er dachte nach.

„Nichts zu finden im allwissenden Internet", murmelte er. „Und die schon erfassten Archive gehen nicht weit genug zurück. Ich muss wohl einen Ausflug machen in vergangene Zeiten."

Seine Mundwinkel zogen sich ein wenig spöttisch nach oben. „Es gibt sie eben noch: die Welt vor der Digitalisierung!"

***

Das Archiv der Noticias war ein stolzes Kind des späten 19. Jahrhunderts, eine jener großen Inszenierungen. Ganz Kulisse, bestand es aus einem beachtlichen Saal mit langen Reihen an Tischen und Stühlen, umgeben von Wänden mit Halbsäulen und korinthischen Kapitellen, die jeweils Wandbögen formten. In diesen waren meterhohe Regale.

Und darüber an drei Seiten barock eingerahmte Spiegel und an der vierten Fenster. Die Decke, zur feierlichen Halle gewölbt, war bemalt mit Tugenden wie Wahrheit und Gerechtigkeit; personifiziert durch robuste, selbstgewisse Tiere; geschaffen von einem längst namenlosen Künstler. Die Gemälde waren in kräftigen Regenbogenfarben gehalten – leuchtend über den blassgelben Pilastern und Spiegelrahmen und den rotbraunen Wänden und Regalen.

Es war seltsam, dass ausgerechnet in jener Epoche mit dem Blick zurück gebaut wurde, in der das Ende aller alten Zeiten begann, dieser jahrtausendelang existierenden Welt aus Beständigkeit und Gewissheit, aus Langsamkeit und Mühsal – ausgerechnet in jener Epoche, die mit dem Ende des Alten so modern, so produktiv, so wissenschaftlich, so informiert, so reich, so mächtig wurde wie nie irgendein Zeitalter zuvor. Als Neoromanik, als Neogotik, als Neorenaissance und sogar als Neobarock und Neoklassizismus kehrte das Gewesene wieder. Obwohl die letztgenannten Stile dem Kalender nach noch gar nicht lange zurücklagen.

Es war, als suche man fieberhaft nach Halt im Vergangenen, nach irgendeinem Halt, beim Aufbruch in eine nie gesehene Zukunft – also genau in dem Vergangenen, das man gerade mit Macht auslöschte. Aber war damit nicht das Leitmotiv der kommenden

Zeiten gegeben bis in unsere Tage? In einer Welt, die sich immer schneller dreht? Die als Alltagsgeschäft Überliefertes zerstört?

Und dagegen die zittrig versuchte Rückbindung, das andauernde Wiederbeleben alter Formen, alter Sprachen, alter Klänge, alter Mauern, alter Gedanken? Um eine Bindung zu finden, auf die wir Tiere doch nicht verzichten können und die das Neue allein nicht bieten kann? Und so passte es schon, dass nun an einem dieser Tische eine betagte Schildkröte saß vor staubigem Zeitungspapier, welches sie geduldig und ohne jede Hetze Seite für Seite durchblätterte – als sei die vormoderne Behäbigkeit und Ineffizienz und Ruhe hier in diesem Tier in diesem Augenblick erhalten geblieben …

„Aha!"

Professor Unamuno war jetzt gerade aufgerichtet. Mit großen, wachen Augen schaute er auf eine alte Zeitungsseite: „Raubüberfall im Opera – Sohn des Inhabers schwer verletzt – Täter unerkannt entkommen", las er triumphierend nur mit den Lippen. Und dann weiter: „… erlitt Manuel Elizondo, der älteste Sohn, Anfang zwanzig, der dort nur aushilft und sonst Gesang studiert, eine Kehlkopfverletzung. Es ist ungewiss, ob er jemals wieder wird singen können – und seinen Traum verwirklichen von den großen Bühnen der Welt."

Für einen kurzen Moment war Vorwurf in Professor Unamunos Blick: Wie konnte er diesen Fall vergessen? Dann aber lehnte er sich zurück, wie jemand, der eine schwierige Matheaufgabe zu lösen hatte und nun „quod erat demonstrandum" unter seine Berechnungen schrieb …

***

„Ich wusste, dass mich dieser Laden an irgendetwas erinnert hat", sagte Tomás Unamuno zu Manfredo und seiner Frau Amparo, die jeweils vor einer kleinen Tasse Kaffee saßen. „Und nach einer kleinen Recherche bei den Noticias, da …"

„Sie mussten recherchieren??"

Erstaunt schaute Manfredo den Professor an. Er war ihm dabei ins Wort gefallen – aber dies ebenso wie die Frage selbst mit der Unschuld eines Fünfjährigen, der noch gar nicht fähig ist, Taktlosigkeit als solche zu erkennen. Aus ihm sprach vielmehr nichts als das ehrliche Erstaunen, dass Professor Unamuno, das wandelnde Lexikon für Kriminalfälle, tatsächlich recherchieren musste. Mehr hatte er gar nicht im Sinn. Und so traf ihn die Wirkung seiner Frage zunächst auch ganz überraschend, wie den Vorsatzlosen der Vorwurf der Schuld.

„Ja, pulen Sie ruhig noch in der Wunde, mein lieber Manfredo … Mir macht das ja nichts aus …" Professor Unamuno guckte ausgesprochen verdrießlich und trommelte dabei mit den Fingern der linken Hand auf den Tisch. Sein ganzes Äußeres, seine zusammengekniffenen Augen, sein missmutig verzogener Mund, die gekräuselte Stirn, der angespannte Oberkörper, der ein wenig gepresste Klang seiner Stimme – sie alle sagten das Gegenteil des Gesprochenen. Manfredo erkannte jetzt seine Missetat.

Hastig versuchte er nun, so rasch wie irgend möglich das Thema zu wechseln. „Also, bei den Noticias ...", sagte er eifrig, während er dabei auf den Boden schaute, um dem strafenden Blick auszuweichen, der ihn nun traf. Quälend lange Sekunden vergingen. Dann aber, wieder ganz der Hochschullehrer, dozierend, ohne Groll oder Gram – und damit dem armen Manfredo wortlos vergebend –, setzte Professor Unamuno seine Ausführungen fort: „... in den Noticias habe ich ihn dann gefunden, diesen Artikel."

Er zeigte nun auf die Kopie des Zeitungsausschnittes auf dem Couchtisch. Ein wenig war er dabei noch der erfolgreiche Detektiv. Doch schon viel mehr war er der tief gerührte Zuschauer:

„Er gibt dort jeden Abend sein stummes Konzert. Jeden Abend. In seiner Kirche des Gewesenen. Er lebt den Schatten seines geraubten Lebens ..."

Professor Unamuno verstummte.

Manfredos Stimmung hingegen war weniger tiefsinnig und getragen. Ihn erfüllte vielmehr wieder diese unbändige Freude, die es schon einmal gab, als er Professor Unamuno zum ersten Mal gefragt hatte, was all dies denn mit seinem Fall zu tun habe – diese Freude, dass seine Geschichte, die keiner glauben wollte, sich nun doch als wahr erweisen könnte, auch wenn er die Zusammenhänge noch nicht sah.

Nach einem kurzen Moment des Abwartens, den er Professor Unamuno gönnte, und um sicherzugehen, dass dieser seinen Bericht nicht selbst fortsetzte, sagte er dann mit vor Spannung bebender Stimme: „Sehr interessant! Aber was genau hat das mit unserem Mord zu tun?" Professor Unamuno wandte sich nun ganz dem Schüler zu. Er lächelte ein sphinxhaftes Lächeln. Und er bekam dabei wieder den Schalk ins Gesicht, der meist kam, wenn ihm Fragen gestellt wurden, die er selbst für einfach, der Fragende aber für schwierig hielt – dieser Schalk, der nichts Böses und nichts Gehässiges und nichts Garstiges hatte, sondern nicht mehr war als eine kleine, stille Freude.

„Vielleicht nichts, vielleicht viel. Jedenfalls fand der Mord – Ihrem Bericht zur Fensterfolge nach – genau in dem Saal statt, in dem er seine stummen Konzerte gibt … genau dort … in seiner Kirche des Gewesenen …"

„Irgendwer in diesem Laden muss auspacken!"

Bestimmtheit war auf einmal in dieser sonst so leisen Stimme. „Und ich weiß auch schon, wer und wie! Wir treffen uns übermorgen um 11 Uhr vormittags vor der Oper!" Die letzten Worte sprach der Professor so energisch wie einen Befehl. Manfredo und Amparo Unamuno schauten ihn fragend an, allerdings mit ganz anderen Gesichtern: Manfredo voller Begeisterung und Optimismus und wieder mit dieser Freude eines Kindes; Amparo Unamuno hingegen voller Sorgen und Bedenken, weil sie wusste, dass ihr sonst so bedachter Ehemann durchaus zu Kurzschlusshandlungen neigen konnte, wenn er meinte, nicht weniger zu haben als einen genialen Plan.

„Was haben Sie vor?", gierte Manfredo. Professor Unamuno lächelte verschmitzt.

„Warten Sie's ab!"

***

„Mein lieber Mauricio, wie geht es dir?" Tomás Unamuno saß auf dem Sofa mit einem schnurlosen Telefon am Ohr, gelöst, heiter, im Plauderton. Ein bisschen dies, ein bisschen das, die alten Zeiten, die Schule, das Studium …

„Keine zuletzt am Teatro gesichteten Vermissten derzeit, o. k. …", sagte er nach einer Weile und dann, auf seine Frage: „Peugeot CS, grau, LR 53J EP … Ach, mein lieber Mauricio, vielen herzlichen Dank! Was wäre ich nur ohne dich! Du und die Polizei von Buenos Aires haben etwas gut bei mir!"

***

Eine alte Schildkröte beim Stadtbummel: zunächst in einen Handyladen, so ein Prepaidhandy ist ja schnell gekauft; dann in eine Drogerie; ein bisschen suchen, schließlich gefunden, das Regal mit den doppelseitigen Klebebändern; und dann noch kurz an der Oper vorbei, die dortigen Straßen rauf und runter, die, wo man parken kann, langsam gehend, sehr langsam — aber was ist schon merkwürdig an einer bejahrten Schildkröte, die langsam geht und dabei den Kopf leicht hin und her wiegt? Und was ist schon merkwürdig daran, wenn diese Schildkröte dann vor irgendeinem Pkw, sei es ein Peugeot CS, zufällig stehen bleibt und gerade hier etwas verliert, weswegen sie sich bücken muss, ein wenig auf dem Boden herumsucht, wobei sie wohl auch einmal unter das Auto schaut und mit der Hand darunterfasst, und sich dann wieder aufrichtet mit dem gesuchten und wiedergefundenen Kleingeld in der Hand? Was ist daran schon merkwürdig?

***

Eng aneinandergeschmiegt saßen Professor Unamuno und seine Frau Amparo auf dem Sofa. Den linken Arm hatte er um ihren Hals gelegt. Mit der rechten Hand streichelte er ihren Oberschenkel, der nun nicht von einer Decke bedeckt war.

„Ich mache nichts Riskantes und ich komme heil zurück – versprochen!" Ganz leise hatte er das gesagt. Doch mit der Art von Gewissheit, wie sie allein die tiefsten Tiefen des Herzens geben kann und nichts, nichts sonst auf dieser Welt, am allerwenigsten die Vernunft.

***

Am Vormittag, wenn die Restaurants noch geschlossen haben, beginnt für die Mitarbeiter bereits die Arbeit: Stühle hoch, den Boden saugen, Stühle wieder runter, Fenster putzen, die Küche feudeln, den Herd schrubben, Tische säubern, Tische neu eindecken. Auch das Opera machte hier keine Ausnahme, wobei die Arbeit heute bei den beiden jüngeren Männern, Felipe und Enrico Elizondo, lag. So viel gab es dabei für die beiden zu tun und so emsig waren sie beschäftigt, dass ihnen zunächst gar nicht auffiel, dass jemand im Hausflur gewesen sein musste, an der Eingangstür zum Restaurant – und dort einen Umschlag durchgeschoben hatte, der nun noch halb im Flur und halb unter dem Vorhang hinter der Tür lag, weiß und grell auf dem tiefen, schweigsamen roten Teppich. Und so bekamen sie auch nicht mit, dass nach dieser eigentümlichen Zustellung eine vergnügte alte Schildkröte ein paar Ecken weiter auf ein vor Spannung fast platzendes junges Nilpferd traf und mit diesem die Straße entlang zu einem Fahrzeug lief.

„Was machen wir jetzt?", traute sich das Nilpferd schließlich zu fragen. Die alte Schildkröte grinste: „Hoffen, dass sie anbeißen!"

***

Dass es nun gerade Enrico sein musste, der den Brief im Eingangsbereich fand! Enrico, der Junge, dessen Nerven in letzter Zeit ohnehin schon so arg belastet waren …

„Altlasten können teuer werden! Aber für 50.000 Dollar gräbt sie wenigstens nicht der Falsche aus! Wir melden uns!"

Zunächst stand er da wie zur Salzsäule erstarrt: bewegungsunfähig. Absolut steif. Und von schier grenzenloser Anspannung. Nur seine Augen waren in Aufruhr, rastlos, überreizt, als versuchten sie, den Blick von dem Schreiben in der Hand wegzulenken, um doch wie magisch immer wieder zurückgezogen zu werden auf das Unheil. Dann kam Bewegung in seine schlaksigen Gliedmaßen. Panisch drehte er sich um und begab sich zu Felipe.

Dieser schien zunächst unwirsch und wollte nicht einsehen, was denn so wichtig sei, dass er unbedingt seine Arbeit unterbrechen müsse. Um dann den Brief zu lesen – und zunächst selbst für einen kurzen Moment zu erfrieren. Es folgten: wilde Gesten und weit aufgerissene Schnäbel, von gedankenlos in das Restaurant schauenden Passanten mit Verwunderung registriert; Schnäbel, die hektisch auf- und zugingen, bei Enrico unter weinerlichen Blicken, bei Felipe unter Augen, die zugleich hart waren und ratlos. Nach einem Crescendo aus Gestik, wild, hilflos, folgte erregtes Nachdenken, die Köpfe hin und her, die Körper immer noch im Alarmmodus; und schließlich, gejagt, getrieben, verfolgt: eine Entscheidung …

**

„So, da wären wir!", sagte Professor Unamuno, nachdem er und Manfredo in eine kleine Seitenstraße abgebogen waren, und deutete auf einen alten Chevrolet, Modell Caprice Sedan – ein Straßenkreuzer aus den Siebzigern mit breit hingelagerter Motorhaube und einem kaum weniger gewaltigen Kofferraum, in glänzendem Silber und bestens gepflegt. „Nehmen Sie Platz, machen Sie es sich bequem. Ich denke, die Fahrt wird gleich beginnen!"

Die beiden bildeten nach wie vor ein höchst ungleiches Paar: der große, massige Manfredo, bis in die letzte Gliedmaße hinein elektrisiert und voller Aufregung, aber auch nach wie vor völlig ratlos, stets hin und her schauend und doch immer die Schildkröte im Blick, in der Hoffnung, von dieser zu erfahren, was gerade passierte oder zumindest passieren sollte. Daneben Professor Unamuno: klein und zierlich.

Scheinbar die Ruhe selbst. Wie ein Angler, der an einer fischreichen Stelle steht. Und der weiß, dass die Fische anbeißen werden, wenn man nur Geduld hat. Und ein bisschen Geduld brauchten die beiden auch noch, nachdem sie im Fond des Wagens Platz genommen und Professor Unamuno scheinbar nebenbei sein Smartphone herausgeholt und immer mal wieder darauf geschaut hatte. Er hielt das Gerät dabei stets leicht nach rechts hochgekippt mit der Folge, dass die Folter für den armen Manfredo noch schlimmer wurde, weil er nicht sah, was der Professor auf dem Gerät machte.

Geduld ist nun mal eine Tugend, die einem geschenkt ist oder eben nicht. Denn sie berührt so unmittelbar den Kern der eigenen Persönlichkeit, dass man sie kaum erlernen kann. Der Ungeduldige nämlich will nicht nur alles jetzt. Er will vor allen Dingen alles. Er kann nicht verzichten. Und er erträgt das Warten deshalb so schlecht, weil am Ende des Wartens immer auch der Misserfolg droht. Der Geduldige hingegen nimmt das Scheitern von Anfang an in sein Denken auf, ohne dass es ihn erschüttert. Weil er auch zum Verzicht bereit ist. Und deshalb kann er, was der Ungeduldige nicht kann: gelassen zusehen, was das Schicksal bringt.

Also saßen die beiden da, ohne zu sprechen. Manfredo mit dem ganzen Körper angespannt, den Ohren aufrecht, wie die Pupillen in ständiger Bewegung – und nicht nur vom Warten verzehrt, sondern vor allem von der Angst, dass der Plan, was immer er sein mochte, wieder fehlgehen könnte. Und neben ihm Professor Unamuno. Gesammelt, aber geduldig. Nur gelegentlich auf das Smartphone schauend. Die Ruhe selbst. Zu alt, um nicht zu wissen, wie wahrscheinlich der Misserfolg ist bei allem, was man tut ... bei allem ...

„Bingo!"

In die Stille hinein rief Professor Unamuno dies – und war mit einem Schlage wach, präsent, bereit, den Körper aufgerichtet, die Augen weit offen, den Blick zielgenau, die Stimme beherrscht, aber doch mit Spannung. „Sie lotsen!"

Er hielt Manfredo das Smartphone hin. Manfredo aber saß da, als habe er gerade einen Stromschlag erlitten: die Augen weit offen, ohne zu blinzeln. Die Ohren stockstaf. Der ganze Leib voller lähmender Spannung. Es dauerte eine Schrecksekunde und kostete ihn auch danach noch Mühe, Professor Unamuno das Smartphone abzunehmen, wobei es ihm auch sogleich runterfiel, so sehr zitterten seine Hände vor Aufregung. Als er es dann in der rechten Hand hielt, mit leidlich sicherem Halt, schaute er darauf, sah einen Stadtplan von Buenos Aires mit einem kleinen blauen Punkt nahe dem Restaurant, der sich langsam zu bewegen begann ... und verstand!!!

„Nicht schlecht!", sagte er in Richtung des Professors. Und er war dabei jetzt wie dieser konzentriert und gelassen zugleich, sodass er, schon während er dies sagte und dabei anerkennend den linken Daumen hob, in den Sitz fiel und dann mit der ganzen Nilpferdschwere auf dem Polster lag – fühlend, nein, wissend, wissend, wissend, dass dieser genialische Plan alsbald zu nicht weniger führen würde als der Lösung seines Falles!

„Und wie immer bei Ihnen: keine Fragen, keine Lügen, nicht wahr?", scherzte Manfredo nun sogar, wobei sein Maul breit spöttelte. Professor Unamuno gab die Mimik zurück und sagte: „Sie lernen schnell!"

„Aye, aye, Sir!", rief Manfredo, wobei er mit der rechten Hand salutierte und den Oberkörper dabei aufrichtete wie ein Soldat, wenn der General die Stube betritt. „Vermelde: Das Zielobjekt bewegt sich in Richtung Westen!!"

„Abteilung, marsch!!", erwiderte Professor Unamuno und nickte Manfredo dabei wohlwollend zu.

„Nicht schlecht gilt übrigens auch für das Auto!", sagte dieser nun. Denn dank der neu gewonnenen Zuversicht war er jetzt sogar zu einem Themenwechsel fähig. „Wo war das gute Stück denn eigentlich bei unserem Besuch des sympathischen Ehemannes von Lidia Elizondo?"

„Nun", erwiderte der Alte etwas ausweichend, wobei er den Kopf leicht hin und her bewegte und nicht in Richtung Manfredo schaute, sondern weiter auf die Straße, „sagen wir einfach mal, der alte Junge war ... auf Kur."

„Ja", entgegnete der Student mit Kennerblick, ganz der Experte. „Solche Oldtimer sind ja immer recht teuer ... Was frisst er denn so an Sprit?"

„Sie Flegel!" Wie aus der Pistole geschossen kam dieser Ruf – begleitet von einem zwar kurzen, aber streng erziehenden Blick. „Sie fragen einen alten Herrn doch auch nicht, das wievielte Glas Sherry das jetzt eigentlich war." Und dann, schon wieder versöhnlich: „Genießen Sie lieber die herrliche Federung!"

Und weiter ging die Fahrt, zunächst durch den Moloch Buenos Aires, aus dem Zentrum nach Westen hinaus; durch das Häusermeer, diese Ansammlung von Stein, Beton, Stahl und Glas; diese zahllosen kleinen Hochhäuser mit ihren zwanzig bis vierzig Stockwerken, die es in jeder Ausführung gab, edel, bürgerlich, einfach und heruntergekommen, immer achtlos zwischen niedrigere Bebauung gesetzt; dazu die Porteños, die Bewohner der Hauptstadt, die „Bewohner des Hafens", dieses Hafens zur Welt, über den sie gekommen sind, einstmals, in Booten; die Geschäftsleute, die Familien, die Lumpensammler, an denen die Fahrt vorbeiging; auf den breiten Ausfallstraßen entlang, den Großstadt-Highways, auf denen sich tagtäglich die Blechlawinen wälzten.

Dabei die Geräusche der Stadt, dieser Dreizehnmillionenmetropole: Motoren, Hupen, Stimmen, und dazu Abgase und Gestank; doch auch der starke Wind vom Río de la Plata her mit seinem intensiv blauen Duft. „Ach", seufzte Professor Unamuno, „du Schönheit, du Fratze, du Bettler, du Geldsack, du Alte, du Neue, du Hure, du Nonne, du Himmel, du Hölle, du Diva, du Scheusal, du Monster, du Retter, du Zerstörer, du Erneuerer, du Sänger, du Tänzer, du Prophet: Buenos Aires, du mein über alles geliebter Albtraum …"

„Die nächste links", sagte Manfredo. Professor Unamuno zuckte zusammen.

„Sagten Sie gerade: die nächste links?" Fragend schaute er Manfredo an. „Durchaus", feixte dieser. „Kann es sein, dass Sie mich in den letzten Minuten mehrfach mit solchen Banalitäten behelligt haben?"

„Ja", freute sich Manfredo nun. „Und Sie haben stets brav gehorcht!" „Erschütternd!" Professor Unamunos ganzes Gesicht lachte. „Sie kommunizieren direkt mit meinem Unbewussten!"

Es dauerte, bis die beiden herauskamen aus dieser Stadtlandschaft, die allein der modernen Welt gehörte, der beständig zerstörenden und erschaffenden und lauten. Aber auch wenn man es zwischendurch nicht mehr glaubte – irgendwann erreichten sie das Ende der Siedlungen: noch ein paar kleine Häuser und Hütten hier und da, aber dazwischen schon die breite, weiträumige Landschaft der Pampa.

Und dann nur noch diese: auf einmal nichts als Wiesen, Weiden und gelegentlich Büsche und Bäume und dazwischen vor allen Dingen freier Blick. Ruhig und friedlich ging die Fahrt nun dahin und ruhig und friedlich war jetzt auch die Umgebung. Die sanfte, leicht hügelige Unendlichkeit des Graslandes war spätsommerlich gefärbt, in allen Nuancen von Grün und Braun: dem teils schon sonnenmüde-fahlen, teils noch frühlingshaft frischen Grün der Gräser, dem nordisch dunklen Grün mancher Bäume und Büsche und dem teils fruchtbar satten, teils mager-staubigen Braun abgehender Feldwege. Darüber ein blauer Himmel, in den nur ein paar pittoreske weiße Wolken hineingesetzt waren wie um der Schönheit willen, beschienen von der nun schon herbstlich-schmeichlerischen Sonne.

Dazu die Geräusche des Landes: ganz selten nur Motoren, und sonst vor allem der Wind – heute ein sanfter Herrscher, spürbar, aber nicht zu stark, als sei er genau eingestellt, um den Eindruck von Weite und

Frische noch zu unterstreichen. Alles sah nach Land-partie aus, nach Urlaub, nach Erholung. Und fast mussten die beiden in ihrem Straßenkreuzer den Im-puls unterdrücken, einfach irgendwo von der Straße abzufahren, den Wagen abzustellen und den späten Sommertag zu genießen mit seinem orangenen Duft.

Professor Unamuno ließ die Szenerie auf sich wir-ken, den ruhig rollenden, federnden Wagen, dazu die Bilder des langsam vergehenden Sommers, und sagte dann, den Kopf zwar weiter nach vorn, aber die Au-gen in Richtung Manfredo und nach rechts grinsend: „Spannend, so eine Verfolgungsjagd im 21. Jahrhun-dert, nicht wahr?"

„Oh, durchaus, durchaus!", erwiderte Manfredo anerkennend-heiter. „Aber wird es denn auch so spannend bleiben?"

Bei diesem Nachsatz waren Manfredos leuchtende Augen, sein lächelnder Mund, seine fröhlich vibrie-renden Ohren beim Spielerischen geblieben. Doch seine Stimme klang anders. Es lag ein leichtes Pres-sen in ihr. Kaum hörbar. Aber da! Unterschwellig hatte sich eine Angst bemerkbar gemacht: eine Angst, die nun nach oben kroch in sein Bewusstsein; eine Angst, als ihm während der Fahrt zum ersten Mal bei der ganzen Sache der Gedanke gekommen war, dass die Jagd nach einem Mörder vielleicht auch dieses sein könnte: gefährlich!

„Gewiss, gewiss!", erwiderte Professor Unamuno. In den Farben seiner Antwort lagen dabei zugleich Schalk und Fürsorge. „Wir warten zunächst die Um-bettung ab – natürlich mit hinreichendem Pietätsab-stand! Und anschließend laden wir zur zweiten Exhumierung. Aber dann in etwas größerer Runde. Und mit festlichem blauem Licht!"

***

„Oh, das Ziel scheint zu stehen!"

Als hätte ihn der Blitz getroffen, war Manfredo aus dem Sitz nach oben geschnellt. Seine Hände zitterten beim Halten des Smartphones. Seine Augen waren weit aufgerissen. Seine nach oben gestreckten kleinen Ohren berührten fast das Fahrzeugdach. Er sah aus wie ein Läufer an der Startlinie, wenn das Rückwärtszählen begonnen hatte.

„Sieh an!", sagte Professor Unamuno fast beiläufig. Doch an nervösen Bewegungen seiner Mundwinkel hätte der aufmerksame Betrachter bemerkt, dass auch er die ganze Zeit eine innere Unrast bändigen musste, die nun ebenso wie bei Manfredo nach draußen wollte. „Und wo?", fragte er in dem gleichen Ton, wobei er dabei weiter nach vorn schaute, um das Nebensächliche, als das er seine Frage zu inszenieren suchte, noch zu unterstreichen.

„Offenbar an einem Abzweig von der Hauptstraße", sagte Manfredo. „Noch etwa drei oder vier Kilometer."

„An einem Abzweig von der Hauptstraße?" Professor Unamuno sprach nun mehr zu sich selbst. „Ich hätte einen etwas abgelegeneren Ort erwartet ..." Seine Stirn kräuselte sich sorgenvoll. „Nicht dass unser kleiner Peilsender abhandengekommen ist ..."

Die beiden fuhren weiter die Straße entlang, vorbei an einem Gehöft und einigen Hecken – und dann mit der ganzen Windschutzscheibe voll baumloser Ebene, über deren Himmel sich nun in einiger Entfernung große graue Wolken zeigten, die das sommerliche Blau vor sich hertrieben.

„Dort vorne müsste es sein …", sagte Manfredo zweifelnd, wobei er in schnellem Wechsel durch die Scheibe auf das offene Grasland und dann wieder auf das Smartphone mit dem angezeigten Standort schaute.

„Kein Haus, kein Baum, kein Nichts …", resümierte Professor Unamuno. Er zog dabei Furchen über die Augen – Furchen der Enttäuschung, aber auch der Selbstkritik: Denn ja, bei dem wieder und wieder durchdachten Plan hatte er es nicht bedacht, dieses durchaus nicht unwahrscheinliche Missgeschick, und war er, er musste es zugeben, auf einen solchen Fall schlicht nicht vorbereitet.

Er fuhr mit dem Wagen rechts ran und stieg dann gemeinsam mit Manfredo aus. Die beiden standen sodann zunächst am Straßenrand und schauten in alle Richtungen. Man sah freilich nichts als das Gehöft, an dem sie schon vorbeigefahren waren, sowie ausgedehnte Grassteppe. Lediglich in einiger Entfernung, auf der rechten Seite, gab es eine größere Gruppe von Bäumen. Der Professor stand da wie die personifizierte Enttäuschung – eine besonders schmerzliche Enttäuschung, weil die Nichterfüllung der Erwartung nicht am Schicksal lag, kalt und ungnädig, sondern an der eigenen Unzulänglichkeit, sodass zur Enttäuschung noch das Versagen hinzukam und der Selbstvorwurf. Manfredo hingegen wirkte vor allem ungläubig. Er wippte auf dem linken und rechten Bein hin und her. Und er schaute dabei halb in die Landschaft. Und halb auf seinen Lehrer.

Denn er begriff, aber war zu begreifen noch nicht gewillt, dass es einen Plan B nicht gab und mit Plan A womöglich gerade zum zweiten Mal sein ganzer schöner Fall den Bach runtergegangen war.

„Sehen Sie das Smartphone irgendwo?", knirschte Professor Unamuno nach einer Weile, nachdem sich unter Griesgrämigkeit und Selbstgeißelung die Einsicht durchgekämpft hatte, dass die Sache ja noch nicht sicher zu Ende, sondern vielleicht noch zu retten war. Wie eine Erlösung begann Manfredo nun damit, das Smartphone zu suchen – wobei die Erlösung weniger in der Aufgabe lag, auf die er auch von allein gekommen wäre, sondern vielmehr darin, dass sein Strafrechtslehrer zumindest wieder den Eindruck erweckte, als wolle er Herr der Situation bleiben. Die beiden liefen also ein wenig die Straße auf und ab und schauten angestrengt auf Gras und Erdreich …

„Hier ist es!"

Manfredo stand am Beginn eines holprigen, bloß geschotterten Feldweges, der sich in Biegungen in Richtung der Baumgruppe schlängelte und auf der Karte gar nicht eingezeichnet gewesen war. Das Smartphone lag am Beginn dieses Pfades, etwa einen Meter von der asphaltierten Straße entfernt. Und genau dort stand jetzt Manfredo und hielt das Gerät und die Klebebänder in die Höhe wie einen Siegespokal.

„Es ist am Beginn dieses Feldweges", rief er. „Sie werden wahrscheinlich hier langgefahren sein. Und durch das Geholper ist das Smartphone heruntergefallen!!"

Manfredo jubelte nun, als habe gerade ein schon tot geglaubter Patient plötzlich geblinzelt. „Lassen Sie uns den Feldweg runterfahren!!" „Sehr gut! So machen wir es!", erwiderte der Alte – nicht lauter, aber zugleich volltönend und leicht. Und so sprangen beide ins Fahrzeug. Und Tomás Unamuno lenkte den alten Chevy vorsichtig auf den steinigen Weg.

***

Rums!

Mit lautem Knall landete der Wagen in einem Schlagloch. „Oh!", rief der Professor erschrocken – um dann ganz vorsichtig Gas zu geben. Mit einem Aufseufzen stellte er fest, dass der alte Chevy sich aus dem Schlagloch heraushob. Nachdem der Wagen alle vier Räder in etwa wieder auf gleicher Höhe hatte und weiter über Schotter und Lehm schaukelte, grinste Manfredo in Richtung Fahrer und sagte: „Wirklich vorzüglich, diese Federung!"

Rums!!

Kracks!!

Leichenblass schaute die Schildkröte auf die Armaturen. Ihr Mund war geöffnet in Schmerzen. Der Wagen reagierte auf Befehle nicht mehr! Die Vorderräder, die ihn so getreulich gezogen hatten all die Jahrzehnte, sie blieben unbewegt auch bei durchgedrücktem Gas. Ein Bild des Jammers, wandte Professor Unamuno sein Gesicht Manfredo zu.

„Osteoporose?", entgegnete dieser mit der harmlosen Frechheit eines lieben kleinen Jungen. Tomás Unamuno strich seinem treuen Chevy über das Lenkrad. „Hör einfach nicht auf diesen ungehobelten Flegel, mein alter Freund!"

***

Die grauen Wolken hatten sich mittlerweile ganz über das Gras geschoben und nicht nur die Farbe des Himmels, sondern auch die Farbe der Erde verwandelt: in eine Mischung aus Dunkelgrün und Grau. Die sommerliche Leichtigkeit, mit der das Land noch vor wenigen Minuten einlud und die ausgesehen hatte, als ob sie niemals vergehen würde, war binnen Augenblicken verschwunden. Schwer drückte der Horizont nun auf die ächzende Welt. Dazu begann ein heftiger Wolkenbruch, als wollten die neuen Herrscher jede letzte Erinnerung an Frische, an Sommer und an Unbeschwertheit tilgen.

„Tja …"

Professor Unamuno blickte ratlos und leer in Richtung nirgendwo. „Wie finden wir nun unsere Hähne … ohne Smartphone und ohne unseren alten Chevy …?"

Er war in sich zusammengesunken, mit den Schultern schlaff nach vorn und einem Körper, aus dem jede Spannung gewichen war. „Indem wir …", sagte Manfredo, der dabei allerdings nicht seinen Lehrer anschaute, sondern geballt in Richtung des kleinen Waldes blickte, zu dem der Feldweg führte. Die kindliche Unschuld, mit der er Sekunden zuvor noch scherzen konnte, war aus seinem Gesicht gewichen. Ernst hatte sich seiner Augen bemächtigt, die nun alles, was sie ansahen, durchbohrten. Ernst war der Herr seiner Ohren, die sich wie Satellitenschüsseln drehten. Ernst beherrschte den Mund, der nur noch für Wichtiges bereit war, sich zu öffnen.

„... indem ... wir ... einfach ..." Und nun spähte er in Richtung der Baumgruppe, als wolle er mit seinem Blick durch Wände gehen ...

„... zu dem Peugeot und der Hütte dort laufen!!"

Diese letzten Worte hatte Manfredo nicht gesagt. Er hatte sie gerufen. Er saß nun da mit den Augenlidern ganz oben, um den Pupillen jeden nur möglichen Raum zu geben. Dazu entstand ein freudestrahlendes Nilpferdmaul, breit und siegesgewiss. Und dabei ein Körper wieder so aufgerichtet wie ein Feldherr, wieder so voller Tatendrang, als sei dieser niemals weg gewesen, sondern habe lediglich eine kurze Pause gemacht.

„Nun", sagte Professor Unamuno jovial, wobei er sich im Sitz zurücklehnte, sich fast ein bisschen räkelte, dann dort saß wie die Erholung selbst und mit väterlichem Wohlwollen in Richtung Manfredo schaute. „Als Fahrgast eines Oldtimers sind Sie eine scheppernde Fehlbesetzung. Aber als Kriminalist hätten Sie vielleicht eine Chance!"

Die beiden verließen den liegen gebliebenen Wagen. Hastig und aufgeregt liefen sie auf die kleine Baumgruppe zu. Sie atmeten dabei den wahren Geruch der Erde – diesen schweren, tiefen, torfigen Duft, diesen Duft von Werden und Vergehen, diesen Duft von Zeit und Schicksal, der sich nur zu erkennen gibt, wenn der Himmel weint. Durch die Bäume hindurch sah jetzt auch der Professor die Umrisse eines Hauses. Und davor eines Kastenwagens genau in der Art, wie ihn die Elizondos für ihr Restaurant benutzten. Der Hain selbst bestand aus locker gestellten Bäumen, dazwischen aber immer wieder hohes

Unterholz – als ob das Schicksal es nun gut mit ihnen meinte und sich Gelegenheiten finden sollten, sich dem Ziele sicher und unentdeckt zu nähern …

„Folgender Vorschlag …", flüsterte Manfredo, als die beiden ohnehin ihr Tempo verlangsamen mussten, da sie den Beginn des kleinen Waldstückes erreicht hatten.

„Wir warten, bis die Leiche ausgegraben ist, und dann rufen wir die Polizei … In der Hoffnung, dass sie uns dort diesmal glauben und schnell genug einen Wagen vorbeischicken …" Bei diesen letzten Worten hatte Manfredo für eine Sekunde die Augen gerollt, als säße er wieder vor diesem elenden, mürrischen Gnu. „Wir haben keinen Peilsender mehr und kein Auto", resümierte Professor Unamuno nüchtern. „Ihr Plan ist angenommen!"

Die beiden schlichen nun durch den kleinen Wald, vorsichtig, auf der Hut, von Unterholz zu Unterholz, von Baum zu Baum, immer bedacht, nicht sichtbar zu sein, nicht hörbar, nicht wahrnehmbar. Der starke Regen war ihnen dabei jetzt nützlich. Denn er ließ neben sich nur noch laute Geräusche zu. Und er verwischte alle Konturen. Gleichwohl kauerten sie hinter den Büschen und pressten sich an die Bäume – nun im vollen Bewusstsein, dass ein Entdecktwerden Gefahr bedeuten würde. Große, unkalkulierbare Gefahr.

Der Regen prasselte wie Trommelwirbel. Schon längst hatte er Bäume und Büsche überwunden und traf das nun schutzlose Erdreich. Die Kleidung der beiden war binnen Kürze durchnässt und hing tonnenschwer an ihren Leibern. Ihre Brillen waren Wasserflächen. Ihre Schuhe waren sinkende Boote. Sie liefen.

Sie spähten. Sie horchten. Sie liefen. Sie liefen. Und schwiegen. Und atmeten lautlos. Ihr Puls aber schlug ihnen das Herz in den Kopf. War die Sache dieses Risiko wert? War sie es? War sie es? Doch weiter bewegten sich ihre Körper. Weiter in Richtung Gefahr …

Schließlich hatten sie ein etwa ein Meter hohes Gestrüpp erreicht, das an dem kleinen Platz stand, der um den Schuppen angelegt war und auf dem der gesuchte Kastenwagen stand. Mit Zeichen fiel der Beschluss, hinter diesem Gebüsch zu warten, bis die Leiche exhumiert war. Also warteten die beiden und wenn man mit Anspannung Strom erzeugen könnte, dann hätten sie eine ganze Stadt mit Licht versorgen können …

***

„Scheiße!!"

Laut drang der Schrei aus dem Inneren der kleinen Hütte – diesem bloßen Holzverschlag, vielleicht vier mal vier Meter Bretter, mit abblätternder grüner Farbe und einem schrägen Holzdach, auf das Dachpappe gehämmert war. Felipe Elizondo stürmte aus dem Schuppen. Er hatte beim Herauslaufen die Tür mit Wucht zur Seite geworfen. Und die ganze Konstruktion bebte, als sie auf die Bretter schlug. Er schaute sich um, aufgebracht, hektisch, wütend.

„Hier muss es doch irgendwo einen vernünftigeren Spaten geben!!", brüllte er. Zwei Blicke trafen sich kurz. Zwei Blicke hinter einem schützenden Busch.

Zwei Blicke, nur für eine Sekunde. Aber wissend, jetzt wissend, es geschafft zu haben. Doch noch war es nicht zu Ende. Und auch dies lag in beider Augen. Sie waren konzentriert, angespannt, verdichtet. Aber zugleich auch ruhig: ruhig mit der Ruhe des kommenden Siegers, der nach langen Qualen und Mühen sein Ziel fast erreicht hatte und nun nicht laut losjubelte, sondern in der Erinnerung an die Mühsal des Weges und in dem Wissen, dass noch ein Zentimeter fehlte, seine Freude nüchtern beherrschte. Also fixierten sie den Schuppen, den Hahn, die Szene, geduldig, lauernd, siegesgewiss – als plötzlich ein Ton zu hören war: ein Ton, der erfreulich, ärgerlich oder auch peinlich sein kann; in diesem Augenblick aber klang wie Untergang:

Hinter dem Gebüsch, hinter ihrem Gebüsch, ihrem sicheren, schützenden Gestrüpp, klingelte ein Smartphone.

Stocksteif saßen die beiden da. Der Schreck hatte sie eingefroren. Eingefroren in Panik: die Augen starr. Die Gliedmaßen kalt. Das Herz rasend. Nur zu diesem einen Gedanken waren sie fähig: Gefahr! Gefahr! Gefahr! Dann blitzte das Leben in sie zurück, in ihre Herzen, den Blutdruck, den Puls, in die Gliedmaßen, die Augen – und schließlich in die Finger: Verzweifelt begannen sie, ihre Kleidung abzusuchen nach dem verhängnisvollen Ton. Professor Unamuno fand das Smartphone schließlich in seiner Jacketttasche und wurstelte es heraus; ließ es jedoch aus den zittrigen Fingern gleiten, wodurch er noch ein oder zwei Sekunden länger brauchte, bis er es in der Hand hatte; drückte dann zunächst erfolglos darauf herum, wodurch er den Anruf aus Versehen sogar noch annahm und ein vergnügtes „Hallo, Tomás!" ertönte – bevor es ihm schließlich gelang, das Gerät zum Schweigen zu bringen.

„Los! Rauskommen!"

Kalt, bitterkalt erklang dieser Befehl. Felipe Elizondo gab ihn. Felipe Elizondo, der von dem Klingeln zunächst ebenso erschrocken war wie die beiden Detektive, dann aber ebenso schnell begriffen hatte, dass dieses Läuten etwas verriet, was er zwar nicht gewusst, aber die ganze Zeit im Kopf gehabt hatte als dunkle Ahnung.

„Enrico", brüllte er. „Komm her, du Blödmann!" Doch Enrico Elizondo war bereits da. Auch er hatte den Klingelton gehört: diesen Ton, der nicht zu Felipes Telefon gehörte und nicht zu seinem – und damit Probleme ankündigte, die ihn, Enrico, den Flattrigen, schon umtrieben, wenn er nur versuchte, nicht an sie zu denken. Felipe Elizondo richtete die Waffe auf das Unterholz. Seine Augen kochten. Sein Hahnenkamm wehte. Sein Schnabel bebte. Für niemanden konnte Zweifel bestehen, dass er das ganze Magazin abfeuern würde auf dieses Gestrüpp, abfeuern, bis es leer war, sollte seinem Befehl nicht gehorcht werden. Manfredo und Professor Unamuno schauten sich an. Wieder nur für den Bruchteil einer Sekunde.

Und auch diesmal bedurfte es keiner weiteren Worte. Wie gelernt erhoben die beiden synchron die Hände und schraubten sich hoch aus dem Unterholz: schwach, müde, abgespannt, die Niederlage im ganzen Körper, in seiner Schlaffheit, seiner Langsamkeit, seinen nassen Lumpen als Kleidern. Zittrig und mühevoll tauchten sie auf aus dem Schutz des Waldes, sodass Felipe und Enrico nun sahen, wer sich dahinter verbarg.

„Du idiotischer Holzkopf!!", zischte Felipe zu Enrico, wobei er die Augen nicht von Professor Unamuno und Manfredo wandte. In diese wenigen Worte aber legte er seine ganze abgrundtiefe Verachtung: für Enricos Unsicherheit und Enricos Drängeln und Enricos Flehen, das überhaupt erst der Grund gewesen war, warum er sich hatte breitschlagen lassen, zu dem Schuppen zu fahren und zu beginnen mit diesem sinnlosen, verhängnisvollen Graben.

„Los!! Mitkommen!!!", schnarrte er dann. Und es klang wie im Krieg. Wie wenn man Gefangene gemacht hatte – aber solche, die man nicht nach irgendwelchen Genfer Regeln zu behandeln gedachte …

***

Unbarmherzig flackerte das Licht hin und her. Unbarmherzig beschien es dabei die vier Gesichter, erhellte jedes einzelne immer für ein paar Sekunden wie ein Blitz – um es danach zurückfallen zu lassen in die Dunkelheit. Unbarmherzig entriss es den Gesichtern dabei ihr Innerstes, zeigte es in seiner Nacktheit, seiner ungeschönten, existenziellen Nacktheit: Professor Unamunos Augenlider und Mundwinkel. Herunterhängend, gefasst, müde. Felipe Elizondos Hahnenkamm. Steil aufgerichtet, feuerrot, männlich. Eine Fahne. Eine Botschaft. Der Herrscher über zwei Augen und zwei Hände, die bereit waren zu tun, was immer auch nötig war.

Enrico Elizondos Blicke voller Wasser. Und sein Schnabel. Sperrangelweit offen. Und doch unfähig zu sprechen. Manfredos Ohren. Sich drehend wie kleine Windrädchen im Sturm, horchend, suchend, planend, hoffend, verzweifelt. Von einer einsamen Glühbirne kam dabei das Licht, hin und her pendelnd an einem Kabel – zu schwach, um den ganzen Raum zu beleuchten; stark genug aber, um Bekenntnisse zu fordern von dem, den sie gerade ins Visier nahm …

Dazu der prasselnde Regen, durch die Dachpappe und das Holz verstärkt wie ein andauerndes Trommelfeuer. Und der Geruch des alten Schuppens, des Holzes, der Farbe, des nur platt getrampelten und nicht versiegelten Erdreichs als Boden. Und Atem und Schweiß, die Künder der Angst – aber nicht derjenigen, von der die Psychologen reden, sondern der Angst, die uns gemahnt an das Nichts: gemahnt, dass wir unser ganzes Leben lang gefährdet sind, von der ersten bis zur letzten Sekunde – und schlimmer noch, hoffnungslos gefährdet, unrettbar gefährdet, da von Beginn an unabwendbar feststeht, dass irgendeine Sekunde die letzte sein wird …

„Wie viele Leute möchten Sie denn noch hier verscharren?"

Professor Unamuno und Manfredo standen neben einem kleinen, in der Raummitte befindlichen Erdhaufen, in welchem ein Spaten steckte und neben dem eine Grube war, noch nicht sehr tief. Manfredo stand dabei von diesem aus links vom Professor, vielleicht mit einem Meter Abstand. Auf der anderen Seite der Grabung waren Felipe und Enrico. Dabei stand Enrico, der Nervöse, Manfredo gegenüber, und Felipe, der Harte, stand Professor Unamuno gegenüber. Felipe hielt die Waffe in seiner Rechten: fest, sicher, entschlossen. Den Lauf auf die alte Schildkröte.

Unendliche Augenblicke blieb deren Frage unbeantwortet. Die vier standen da, unbewegt: Professor Unamuno war gefasst, weil er resigniert war. Denn das Wissen, ohnehin verloren zu haben, kann Anspannung so erfolgreich verdrängen wie der Jubel vor dem sicheren Sieg. Felipe war ebenfalls gefasst – aber mit der Ruhe der grimmigen Entschlossenheit, jener Ruhe, die sich dann einstellt, wenn man weiß, dass man seine Sache zu Ende bringen wird, was immer es auch kostet. Enrico, der Junge, bestand nur aus Panik und hielt sich kaum auf den Beinen, ohne jede Idee, was jetzt passieren sollte – und zugleich mit den furchtbaren Gedanken im Kopf, was wohl passieren würde. Und schließlich Manfredo. Ein einziger innerer Kampfplatz: gelähmt. Gefechtsbereit. In Todesangst. Wie rasend nachdenkend. Zielgerichtet. Wirr. Die Lampe ging weiter hin und her, mal die Resignation beleuchtend, mal die grimmige Entschlossenheit, mal die Panik und mal den inneren Kampf.

„Wie viele wollen Sie hier denn noch verscharren …?" Müder war Professor Unamunos Wiederholung, mehr zu sich selbst als zu Felipe. „Niemanden." In Zimmerlautstärke war dies gesprochen. Aber mit der Gewalt und der Aggression eines Schreis.

„So wie hier auch bisher niemand begraben liegt. Manche Tiere verunfallen eben an unwegsamen Stellen. Und man findet sie nie wieder …" Bei den letzten Worten grinste Felipe höhnisch und blieb bei diesem Grinsen, auch nachdem der Schall verklungen war. Und so stand er da, überlegen und siegesgewiss. Und seine wachsamen Augen vergaßen für eine Sekunde das Nilpferd und gaben für einen kurzen Moment ihren Wachposten auf …

In genau dieser Millisekunde, in genau diesem winzigen Augenblick der Schwäche geschah es:

Eine gewaltige graue Masse schnellte nach vorn. Eine graue Masse warf sich in Richtung Waffe. Manfredos Lebenswille hatte den Moment erkannt. Sein Lebenswille stürzte den ganzen Nilpferdkörper voran. Sein Lebenswille stürzte ihn zum Arm mit der Pistole. Um entweder diese zu ergreifen. Oder zumindest den Arm nach unten zu drücken. Oder auch einfach nur Felipe komplett unter der Wucht eines aufprallenden Nilpferdes zu begraben.

Doch nicht nur Manfredos Reflexe verstanden die Situation: In aller Tatenlosigkeit und Panik waren es Enricos Sinne, die vor Felipe und dem Professor begriffen, was vor sich ging:

„Achtung!"

Reflexhaft brüllte Enrico dies. Und ließ damit Felipe den Arm wegziehen – genau einen Lidschlag, bevor Manfredos Körper ihn getroffen hätte. Nun ging diese Wucht ins Leere: Mit einem lauten Knall landete Manfredo vor Felipes Füßen. Entgeistert schaute dieser zunächst nach unten. Doch dann, noch halb vegetativ, aber halb schon realisierend, was gerade geschehen war, voller aufsteigendem, wachsendem Zorn, dass dieses elende Nilpferd es nach all den Problemen, die es ihm bereitet hatte, nun auch noch wagte, ihn anzugreifen – dieses elende, vermaledeite

Nilpferd –, richtete Felipe nun die Waffe auf Manfredos Kopf. Seine Hände bebten vor Wut. Seine Augen und sein Mund waren aufgerissen. Seine Federn standen hoch. Sein Gehirn wurde geflutet von Adrenalin. „Du Scheißnilpferd!!", schrie er. „Ich sollte dich …"

In diesem Moment machte Professor Unamuno einen Schritt nach vorn. Benommen war er noch. Ohne Gedanken. Perplex. Doch die Gefahr, die hatte er erkannt. Die Gefahr rasenden Furors. Die Gefahr von rasendem Furor und einer Pistole. Er hatte bei diesem Schritt keinen Plan. Nur dies: Manfredo beschützen. Irgendwie. Seinen Studenten.

Felipe riss die Waffe hoch. Über Manfredos Körper hinweg zielte er jetzt direkt auf den Professor. Er war zum Äußersten entschlossen. Doch es war diese Erinnerung an die Existenz eines zweiten Gegners, die Felipes Kopf zucken ließ wie nach einem Traum, die das Denken weckte wie morgens ein Schwall kaltes Wasser: Er machte einen Schritt zurück. Dann hielt er die Waffe im Wechsel auf Manfredo und Professor Unamuno. Sein Blick prüfte kurz, ob er von Ersterem weit genug weg war. Noch einmal dachte er nach. Sein Kehlkopf machte sich bereit; bereit, nicht mehr zu schreien, sondern zu befehlen. Dann erst öffnete er den Schnabel:

„Los! An die Wand! Alle beide!"

***

Alte, morsche Bretter, von denen die Farbe abbröckelte. Unablässig prasselnder Regen. Der Geruch von Erde. Von feuchter Erde. Von frisch aufgegrabener Erde, wie auf einem Friedhof. Professor Unamuno stand da, neben Manfredo, beide mit dem Gesicht zur Wand. Er schaute auf die Latten und er lauschte dem Regen, dem Regen, dem Regen. Er war ruhig, ganz ruhig, ohne Panik, ohne Hoffnung, ohne Angst. Aber er war traurig – so tieftraurig wie nie zuvor in seinem Leben. Er dachte an seine Amparo, an all die gemeinsamen Jahre, die Höhen und Tiefen des Lebens, ihre Treue, ihre Unterstützung. Er dachte an die so liebevoll hergerichtete Wohnung, in der sie jetzt saß, sorgenvoll – aber an das Versprechen glaubend, das er ihr gemacht hatte, und an das große Versprechen, das sie sich vor langer Zeit gegeben hatten, ungebrochen …

„Ich werde mich …", todmüde gingen die Gedanken, doch voller Wärme, „… mit tausend roten Rosen entschuldigen! … Falls ich dazu noch Gelegenheit haben sollte …"

„Ja … aber …" Es war Enricos Stimme. Es war die Stimme von Entsetzen und Selbstanklage, die Stimme, die erkannt hatte, was drohte, und es nicht wollte, es einfach nicht wollte – und noch viel weniger wollte, schuld daran zu sein.

„Wir … wir können doch nicht …"

„Fällt dir irgendwas Besseres ein, du Vollidiot?" Felipe brüllte. „Ich hab dir von Anfang an gesagt, dass dieser bescheuerte Brief eine Finte ist!" Das Gebrüll hallte nach in der folgenden Wortlosigkeit. Und wie ein dem Grab entsteigendes Scheusal baute sich vor Felipe das Monströse an seinem Plan auf. Er stand vor diesem Monster. Seinem Kopf entsprungen.

Seinem Monster. Er stand dort, sprachlos, zweifelnd, zum ersten Mal zweifelnd – um dann, so laut er konnte, zu schreien: „Scheiße! Scheiße! Scheiße!"

„Gib mir die Waffe!"

Eine gebrochene Stimme sagte dies. Aber in einem Ton, der tausendmal stärker war als Felipes Gebrüll und der keinen Widerspruch duldete.

***

Gebieterisch stand er da: Manuel Elizondo. Der alte Hahn. Gebieterisch wie im Opera, wenn er den Gästen die Plätze zuteilte. Gebieterisch auch noch mit alter schwarzer Jeans und einem roten, abgetragenen Stoffhemd. Gebieterisch war seine Haltung, aufrecht, mit Körperspannung, selbstsicher, präsent. Gebieterisch aber war auch diese Stimme. Diese Stimme, gebrochen und doch noch zum Herrschen fähig. Gebieterisch war er wie in seiner Kirche des Gewesenen. Aber da war auch noch ein anderer Ton: Erschöpfung. Tiefste, jahrzehntealte Erschöpfung. Erschöpfung, wie sie sich einstellt, wenn man einen langen Kampf gekämpft hat und am Ende doch verliert. So wie bei ihm, dem stolzen Hahn, der gekämpft hatte um seinen Traum, der gekämpft hatte um seine Leidenschaft, der gekämpft hatte um sein Leben: der einen Kampf gekämpft hatte, der mit jenem verhängnisvollen Tag begann, an dem das Opera überfallen wurde – und der heute, jetzt, sogleich, in diesem alten Schuppen enden würde: enden zwischen aufgeweichten, dreckigen Brettern und unter Wellpappe. Enden über einem namenlos verscharrten Toten. Und dieses Ende, das lag nicht in der alsbaldigen Überführung des Mörders.

Nein, nein. Enden würde es, weil heute vor aller Augen offenbar werden würde, dass der Kampf von Anfang an aussichtslos war: weil nichts, aber auch gar nichts je vermocht hätte, Manuel Elizondo, dem Sänger, sein Leben zurückzugeben. Denn nicht, wenn das Ziel nicht mehr erreicht werden kann, ist der Krieg vorbei. Sondern wenn man dies erkennt: erkennt, dass alles vergeblich war und auch in Zukunft immer sein wird. Seine Augen erklärten diese Kapitulation: Leer waren sie.

Und von Schatten umgeben. Und seine Stimme erklärte die Kapitulation, diese Herrscherstimme, dieses Herrscherkrächzen: ein neuer, ermatteter Klang. Als würde diese Stimme am liebsten gar nicht mehr ertönen, nie mehr, einfach nie wieder – diese Stimme, die ihn mehr noch als das Restaurant und sein Gedächtnis, ja mehr sogar als das Teatro Colón, vor dessen Türen er sein Leben verbracht hatte, tagtäglich an den Moment erinnerte, als sein Traum starb, und mit ihm er selbst; diese grausame, stets heisere Stimme, die ihn immer und überall nur daran denken ließ: Verlust. Leise sprach sie daher nun. Und doch mit Autorität. Selbst in dieser bitteren Stunde.

„Die Waffe!"

„Aber …" Vorsichtig und flüsternd nur wagte Felipe Protest. Doch weiter kam er nicht: Wortlos streckte Manuel Elizondo die Hand aus. Mehr nicht. Und Felipes Hand gehorchte – und gab ihm die Waffe. Der Alte nahm die Patronen heraus, geübt – und ließ sie fallen. Dann atmete er tief und schwer und ruhig. Vielleicht Minuten. Vielleicht Jahre.

Manfredo und Professor Unamuno, die ganze Zeit mit dem Rücken zum Geschehen und dem Blick zur Wand, drehten sich irgendwann vorsichtig um – auch wenn sie die Entwaffnung gar nicht gesehen hatten, sondern nur gehört: gehört anhand der Übergabe von Felipe zu Manuel, anhand des Öffnens der Trommel und des Herunterfallens der Munition; ihre Rettung gehört nur anhand ein paar kleiner Geräusche – Geräusche, mit denen ein Krieg zu Ende ging, ein langer, zehrender Krieg; nur ein paar wenige stille Geräusche. Benommen waren die beiden, nachdem sie ihr sicheres Ende schon gekommen sahen; benommen, wie man unverletzt aus dem Unfallwagen steigt, der sich dreimal überschlagen hat. Denn auf die unerwartete Rettung folgt nicht die Freude, sondern zunächst Verwunderung und Unglauben. Und erst wenn diese sich gelegt haben, beginnt die Rückkehr ins Leben. Eine Weile standen dann alle nur da: still, ohne etwas zu sagen. Nur am Atem zu hören, jenem Gradmesser von Anstrengung jedweder Art – und zugleich dem Indiz, diesem sicheren Indiz, dass wir da sind. Denn nicht erst am Zweifel erkennen wir, dass es uns gibt. Auch wenn der Zweifel wahr ist und groß. Nein, am Atem wissen wir es, am Herzschlag, am Puls, lange bevor die Skepsis überhaupt ihre Frage gestellt hat.

Es hatte aufgehört zu regnen. Nur noch gelegentliche Tropfen waren zu hören, wenn sie laut in Pfützen und Regentonnen fielen. Und das erste Zwitschern von Vögeln, die das Ende der Sintflut besangen. Nur der Geruch von Feuchtigkeit war geblieben, der Geruch von feuchter, nackter Erde; dieser torfige, tiefe, dunkle Geruch; dieser Geruch, mit dem alles anfängt und alles endet; dieser Geruch von Erde, von Erde, von reiner Erde.

„Er hat sich nicht einmal daran erinnert, als er am Opera vorbeikam, nicht wahr?"

Warm und freundlich war Professor Unamunos Ton – mit jenem missbilligenden Verständnis, das zwar die Tat ablehnt, all das Elend, das Leid und die Trauer aber mitfühlt, die den Angeklagten erst zum Täter gemacht haben.

„Nein", flüsterte Manuel Elizondo, erschöpft, verbittert, eisig. „Er hat es nicht einmal mehr gewusst … Er hat es nicht gewusst, als er zum Betteln vorbeikam, als Obdachloser … Und er hat es nicht einmal mehr gewusst, als er nicht auf eine Schlafgelegenheit schaute, sondern in einen Pistolenlauf …"

Für einen kurzen Augenblick sackte der alte Hahn in sich zusammen, ließ seine Körperspannung nach, war er nur noch gescheitert und geschlagen …

Dann aber richtete er sich auf. Er zog das Hemd glatt, rieb kurz die Hände aneinander, schaute in die Runde, verbeugte sich halb – und begann zu singen: stumm. Stumm, wie er seit vierzig Jahren sang. Stumm, aber mit der gleichen Alleinherrschaft des Gefühls, wie sie das Geschehen beherrscht auf jeder Opernbühne. Er stand da, die Brust voller Luft, damit der Ton leben konnte; den Schnabel weit auf, damit der Klang die Welt erreichte; die Arme ausgebreitet, um alles zu umfassen, was dieser Planet bot; den Körper stramm, um bereit zu sein für alles Glück und alles Unglück; die Augen offen, um das Gewesene zu erblicken und das Werdende.

Und als hielte sie Einzug zwischen die Bretterwände, die Oper, fügte Manuel Elizondo dem Geruch von Erde die ganze Welt hinzu: zuerst ihre Freude und Jugend voller gelbem Blütenduft; dann ihre Mannesjahre mit all ihrer windfrischen stahlblauen Tatkraft; und schließlich ihr Alter, ihr Gebrechen, ihren Schmerz. Und als er die Klage ertönen ließ durch seine gestische Stille – da begann die Hütte sich zu verfärben: die dreckigen Bretter, das Grün von Professor Unamunos und das Grau von Manfredos Haut, das Schwarz und Weiß der Hähne, das alte, feurige Rot von Manuel Elizondos Hemd – sie alle wurden braun. Helles, dunkles Braun, warmes, kaltes, kräftiges, mattes; wie Nugat, wie Sargholz, wie piano, wie forte; braun, braun in allen Nuancen; braun wie auf dem schwarzbraunen Boden; braun in den Farben eines lebenslangen Herbstes, der nun in einem kalten Winter zu Ende ging.

Am Schluss seiner Arie schwellte der Hahn, der Alte, der Sänger, zunächst noch einmal die Brust, richtete sich auf und schaute in die Runde mit selbstbewusstem Blick. Dann aber verbeugte er sich tief. Und verharrte halb gebückt, mit gefalteten Händen und Demut: Er war bereit, zum allerersten Mal in seinem Leben bereit zu akzeptieren, was kommt.

***

Professor Unamuno begann als Erster zu applaudieren. Dann setzten die anderen ein. Und so stand er da:

Manuel Elizondo, mit halb gesenktem Kopf, den Applaus entgegennehmend, um den er betrogen worden war, Abend für Abend, und den er nun zum ersten Mal empfing seit Jahrzehnten, hier, jetzt, in diesem alten Schuppen, nicht auf Brettern, sondern auf feuchtem Erdreich. Erst Minuten später ebbte der Applaus ab. Professor Unamuno machte nun drei Schritte auf Manuel Elizondo zu, lächelte dabei und griff ihn leicht am Arm. Er begann den alten Hahn sanft in Richtung Tür zu schieben. Und dieser folgte ihm willig, ja fast gelöst.

„Kommen Sie. Ich begleite Sie zur Polizei!" Der Professor öffnete nun mit der anderen Hand die Tür des Schuppens. Und so betraten die beiden den Vorplatz, der jetzt beschienen war von einer warmen Herbstsonne.